Richard Deiss

Palast der tausend Winde und Stachelbeerbahnhof

Kleine Geschichten zu 222 plus 2 Bahnhöfen in Deutschland

Adresse des Autors:
Machnower Str. 65
D-14165 Berlin
Email: richard.deiss@gmail.com

Anregungen und Verbesserungsvorschläge sind willkommen und werden in der nächsten Ausgabe (Herbst 2021) berücksichtigt.

Herstellung und Verlag: Books on Demand GmbH, Norderstedt
Dreizehnte Auflage 2020, Originalausgabe

Printed in Germany

ISBN 978-3-8370-006-41

Der Inhalt des Buches entspricht der Privatmeinung des Autors.

Dieses Buch ist meinem Neffen Salvador D. gewidmet.

Bibliografische Information der Deutschen Nationalbibliothek
Die Deutsche Nationalbibliothek verzeichnet diese Publikation in der Deutschen Nationalbibliografie; detaillierte bibliografische Daten sind im Internet über http://dnb.d-nb.de abrufbar

Inhalt

Vorwort

Ich verstehe nur noch Bahnhof war ein von kriegsmüden Soldaten im 1. Weltkrieg benutzter Spruch mit dem diese ausdrücken wollten, dass sie nur noch nach Hause wollten. Jeder meint zu wissen, was ein Bahnhof ist, aber bahnintern gibt es da eigene Festlegungen. In der DB-Terminologie muss ein Bahnhof mindestens eine Weiche haben, um als solcher zu gelten. Alles andere sind *Haltepunkte*. Auch ist mit Bahnhof bei der Bahn die gesamte Anlage gemeint, das Gebäude mit Fahrkartenverkauf wird dagegen als *Empfangsgebäude* bezeichnet. Die Bevölkerung nennt auch dieses meist nur Bahnhof. Und die Lage des Empfangsgebäudes zu den Gleisen lässt einen Kopfbahnhof (oder auch Sackbahnhof, in anderen Sprachen ist dies ein Terminus oder Terminal) von einem Durchgangsbahnhof unterscheiden. Beim Turmbahnhof liegen die Gleise auf zwei Ebenen, beim Inselbahnhof liegt das Gebäude zwischen den Gleisen. Ursprünglich war das Bahn- und Verkehrsvokabular stark französisch geprägt, da Französisch noch bis ins 19. Jahrhundert eine wichtige internationale und Bildungssprache war. Doch mit dem aufkommenden Nationalismus Ende des 19. Jahrhunderts wurden deutscher klingende Ausdrücke gesucht. Es bildete sich sogar ein Deutscher Sprachverein, der ein Verdeutschungswörterbuch herausgab und für Wörter wie (das pseudofranzösische) *Perron* und *Billet*, *Bahnsteig* und *Fahrkarte* als Alternativen entwickelte (aus dem Veloziped wurde übrigens das Fahrrad). Die Schweiz war von dieser Entwicklung weniger betroffen, dort werden die französischen Varianten immer noch häufig benutzt.

Bahnhöfe waren einst für die wirtschaftliche Entwicklung einer Stadt wichtiger als heute, denn die Bahn war lange Zeit im Binnenland das einzige leistungsfähige Fernverkehrsmittel. Doch der Verkehr war weit geringer als heute. Monumentale Bahnhöfe wie der Lehrter und der Anhalter Bahnhof in Berlin hatten nur wenige Gleise, eine geringe Zugfrequenz und weit weniger Reisende als heutige Großbahnhöfe. Der Anhalter Bahnhof kam vor dem Krieg auf 10 000 Reisende pro Tag, deutsche Großstadtbahnhöfe haben heute dagegen um 100 000 Reisende pro Tag. Denn das Fernverkehrsangebot ist auf den Hauptrelationen deutlich dichter geworden, zudem kam in Großstädten Schienennahverkehr mit hoher Frequenz dazu. Heute wird einfach viel mehr gereist und gependelt als früher und obwohl die relative Bedeutung der Bahn durch Straßen und Luftverkehr gesunken ist, wird auch mehr Bahn gefahren, als je zuvor. Der Werkbundarchitekt Karl-Ernst Osthaus meinte *„es gab eine Zeit, in der man von einer Poesie der Bahnhöfe sprechen konnte"*. Die Faszination der Dampflokzeit, auf die viele eindrucksvolle Bahnhofsgebäude ausgerichtet waren, ist vergangen, doch die Poesie der Bahnhöfe lässt sich in vielen historischen Stationen immer noch erahnen.

Ich hoffe, die kleinen Geschichten und Anekdoten, die in diesem Bändchen zusammengetragen wurden, unterhalten und helfen, vorhandenes Wissen zur Bahn abzurunden. Das Buch ist Teil einer fünfbändigen Reihe mit Anekdoten, interessanten Geschichten und Fakten zu insgesamt 1001 Bahnhöfen weltweit (Titel der anderen Bände: siehe letzte Seite). Gegenüber der letzten Auflage neu aufgenommene Bahnhöfe sind mit einer Raute gekennzeichnet ❖.

Danken möchte ich *Hubert Riedle* (Bern) und vor allem *Jörg Berkes* (Langen) für Hinweise und Korrekturvorschläge

Bonn, im November 2020
Richard Deiss

1. Bahnhöfe in Berlin

1.1 Fern- und Regionalbahnhöfe

Berlins erster Bahnhof

Als die Eisenbahn in Preußen eingeführt werden sollte, versuchte der zuständige Regierungsrat, König Friedrich Wilhelm III. für das Projekt einer Eisenbahnverbindung Berlin-Potsdam zu erwärmen. „*Wenn Majestät bisher um acht Uhr in Charlottenburg wegritten, dann wären Majestät um zwölf Uhr in Potsdam. Und nun stellen Majestät sich vor: Wenn Majestät künftig um acht Uhr die Eisenbahn besteigen, sind Majestät bereits um neun Uhr in Potsdam*". Der König nickte, fragte allerdings: „*Und was soll ich um neun Uhr in Potsdam*?" Später meinte sein Sohn Friedrich Wilhelm IV. zur Eisenbahn „*Diesen Karren, der durch die Welt rollt, hält kein Menschenarm mehr auf*." 1838 wurde die erste preußische Bahnstrecke von Potsdam nach Berlin eröffnet. Der Endpunkt vor dem Potsdamer Tor und der Akzise-(Zoll-)Mauer, war der erste Bahnhof Berlins, er hatte ein Gleis und einen Seitenbahnsteig.

Berlin Potsdamer Platz

1872 wird unweit des ersten Berliner Bahnhofs der Potsdamer Bahnhof eröffnet. Hier werden bald Staatsgäste wie Kaiser Franz Josef von Österreich-Ungarn empfangen. Ab den dreißiger Jahren fahren von hier elektrische \`Bankierszüge´ in die noblen Stadtteile im Westen. Im Krieg wird der Bahnhof stark zerstört und 1958-1960 schließlich abgerissen. Damals schrieb die Zeitung *Welt der Arbeit*: „Der rote Ziegelbau war nicht gerade ein schönes Baudenkmal. Trotzdem befällt jeden Berliner ein Gefühl der Wehmut, wenn nun ein steinerner Zeuge nach dem anderen vom Erdboden verschwindet." Nach der Jahrtausendwende wurde schließlich der unterirdische Bahnhof Potsdamer Platz, an dem lange Zeit nur S-Bahnzüge hielten, wieder zu einer Regionalverkehrsstation. Seinem Eingang gegenüber: Der Bahntower der DB-Hauptverwaltung.

Anhalter Bahnhof - das Tor in die blaue Ferne

Der Anhalter Bahnhof, einst von Walter Benjamin auch als *Mutterhöhle der Eisenbahn* und vom Volksmund als *Tor in die Blaue Ferne* bezeichnet, wurde im Krieg stark zerstört und in den sechziger Jahren schließlich abgerissen. Das Portal erwies sich dabei jedoch als hartnäckig, es widerstand mehreren Abbruchversuchen. So hatte man schließlich ein Einsehen und ließ die Reste des Portals als Denkmal stehen.

Die vielen Lehrter Bahnhöfe

Im Mai 2006 wurde der Berliner Hauptbahnhof, der den Zusatz `Lehrter Bahnhof´ trägt, eröffnet. Ursprünglich sollte er Lehrter Bahnhof heißen, dann Hauptbahnhof-Lehrter Bahnhof. Doch schließlich wurde er von der Bahn mehr und mehr nur Hauptbahnhof genannt. Und das ist eigentlich gar nicht verkehrt, denn Lehrter Bahnhöfe gibt oder gab es schon viele. 1871 wurde der Lehrter Bahnhof an der Spree eröffnet. Er lag etwas abseits vom Zentrum und von dicht bebauten Gebieten, hatte aber eine grandiose, schlossartige Architektur im Stil italienischer Hochrenaissance. Im Zweiten Weltkrieg stark beschädigt, wurde der Lehrter Bahnhof 1959 gesprengt. Unweit davon, an der S-Bahnstrecke, lag der Lehrter Stadtbahnhof, der dem neuen Hauptbahnhof weichen musste. Schließlich gibt es noch einen Bahnhof in der Stadt Lehrte in Niedersachsen, einst ein kleines Dorf, das als Schnittpunkt der Bahnlinien Hannover-Braunschweig und Hildesheim-Celle Bahnstadt wurde.

Der Berliner Pannenbahnhof

Berlin ist die Hauptstadt der Gebäudebeinamen. In keiner anderen Stadt gibt es so viele vom Volksmund geschaffene Spitznamen. *Schwangere Auster*, *Goldelse*, *Erichs Lampenladen* sind Beispiele. Doch in Bezug auf den neuen Berliner Hauptbahnhof hat sich noch kein Beiname durchgesetzt. In der Presse wurde er zum Beispiel *Glaspalast mit Wüste* oder auch *Pannenbahnhof* (oder auch *Bröckelbahnhof*) genannt, letzteres nicht ohne Grund.

Nach vielen Bauverzögerungen entschloss sich die Bahn, um eine Fertigstellung im WM-Jahr 2006 erreichen zu können, das Bahnsteigdach kürzer ausfallen zu lassen. Auch wurde über den Tunnelbahnsteigen eine Zwischendecke eingesetzt, was die geplante Raumwirkung beeinträchtigt. Durch diese Änderungen kam es zu einem Rechtsstreit zwischen Bahn und dem Architekten Meinhard von Gerkan. Auch bei der Eröffnung ging Einiges schief, so reagierte der Bahnhof erst nicht auf den Eröffnungsknopfdruck und die Einweihungsparty im Mai 2006 wurde durch einen Messer-Amokläufer getrübt. Im Januar 2007 wiederum kam es nach dem Orkan Kyrill zu einem Absturz von 2 Stahlträgern. Seitdem plant die Bahn, den Bahnhof bei stärkerem Wind zu schließen. Erst im Dezember 2020 konnte die kurze U-Bahnstrecke vom Bahnhof zum Brandenburger Tor bis zum Alexanderplatz verlängert werden.

Im Mai 2007 musste der damalige Bahnchef Mehdorn noch mal Spott ernten, diesmal für seinen Kunstgeschmack. Eine metallene Pferdeskulptur, Rolling Horse (mittlerweile mit Beinamen wie *Mehdorns´ Pferd* belegt), wurde am Bahnhof enthüllt und Kritiker fanden schnell heraus, dass dieses Pferd im Wesentlichen eine Replik einer gegenüber dem Heidelberger Hauptbahnhof aufgestellten Pferdeplastik (`S-printing horse´) desselben Künstlers Goertz ist. Mehdorn hatte diese in Auftrag gegeben, als er noch Chef der Heidelberger Druckmaschinen war.

Berlin Hbf

Berlin-Ostbahnhof und die Mission

Der Berliner Ostbahnhof hat schon viele Namen gehabt. Im Jahre 1842 wurde er als *Frankfurter Bahnhof* eröffnet, damals war er noch Kopfbahnhof. Später hieß er auch *Niederschlesisch-Märkischer Bahnhof* und schließlich *Schlesischer Bahnhof*. Nach dem 2. Weltkrieg war dieser Name nach der Anerkennung der Oder-Neiße-Grenze durch die DDR nicht mehr opportun und er hieß schlicht *Ostbahnhof*. Zur 750 Jahr Feier Berlins im Jahre 1987 wurde er repräsentativ umgebaut und in *Hauptbahnhof* umbenannt. 1998 wurde er dann wieder zum Ostbahnhof, denn mit dem so genannten Pilz-Konzept war ein neuer Hauptbahnhof an anderer Stelle geplant. Eines hatte jedoch länger Bestand als der Bahnhofsname: Die erste Bahnhofsmission Deutschlands wurde 1907 im Berliner Ostbahnhof gegründet und diese gibt es auch heute noch.

Berlin Zoologischer Garten

Der Berliner Bahnhof Zoo wurde durch die Teilung der Stadt zum Fernbahnhof aufgewertet (Beiname `heimlicher Hauptbahnhof´), eine Funktion, die er aber mit der Eröffnung des neuen Hauptbahnhofs im Mai 2006 wieder verlor. In den siebziger Jahren war der Bahnhof, bzw. der Nordeingang, auch Treffpunkt der Berliner Drogenszene und 1978 kam er zu literarischem Ruhm - er erschien im Titel des autobiographischen Buches von Christiane F(elscherinow) „*Wir Kinder vom Bahnhof Zoo*“. Der Nordeingang und andere Schmuddel-Ecken verhalfen dem Bahnhof zeitweise zum Beinamen ‚*Urologischer Garten*‘.

Der Hotelbahnhof Estrel

Mit 1125 Zimmern ist Estrel in Berlin-Neukölln das größte Hotel Deutschlands. Überraschenderweise gehört es keiner Kette an. Vielmehr wurde es vom Bauunternehmer und Namensgeber Ekkehard Streletzki 1994 in Eigenregie eröffnet. Nur 2 Gehminuten vom Hotel entfernt liegt der S-Bahnhof Sonnenallee. Doch mit der Bahn kann man das Hotel sogar noch direkter erreichen. Sonderzüge halten am hoteleigenen Bahnhof Estrel und fahren von hier zu Ausflügen ins Umland. Allerdings ist dieser Bahnhof eisenbahntechnisch nur umständlich über Spitzkehren zu erreichen. Das Hotel hat zudem einen eigenen Bootsanleger.

1.2 Berliner S-Bahnhöfe

Ostkreuz-Rostkreuz

Der wichtige Berliner S-Bahnknoten Ostkreuz galt lange als baulich so marode, dass die Berliner ihn zu *Rostkreuz* verballhornten und meinten, er würde nur noch durch Rost und die angeklebten Werbeplakate zusammengehalten. Rolltreppen und Aufzüge suchte man hier lange vergebens. Eine Sanierung war seit langem geplant, wurde aber immer wieder verschoben. Mittlerweile haben jedoch Umbauarbeiten begonnen, die bis 2016 abgeschlossen werden sollen. Doch Bahnkenner sahen der Sanierung mit gemischten Gefühlen entgegen, denn Ostkreuz war noch bis ins Jahr 2008 der letzte Berliner S-Bahnhof, auf dem die Fahrtrichtungsanzeiger und Stationsschilder aus DDR-Zeiten stammten, zudem zierten alte gusseiserne Säulen und Lampen den Bahnhof.

Siemensstadt-Fürstenbrunn

Siemens hatte in den 1920er Jahren in Fürstenbrunn, damals noch ein westlicher Vorort von Berlin, große Werksanlagen. Um Verkehrsanbindung des Werkes zu verbessern ließ Siemens eine stillgelegte Bahnstrecke der Lehrter Eisenbahn reaktivieren. Die Station am Werk hieß bis 1925 Fürstenbrunn. Doch Fürstenbrunn war auch der Name einer bekannten Mineralquelle, das entsprechende Mineralwasser wurde bis in die USA exportiert. Ein amerikanischer Tourist soll angesichts des ausgedehnten Werkes an der Station Fürstenbrunn ausgerufen haben ‚Ich wusste gar nicht, dass die Seltersfabrik so groß ist'. Daraufhin soll laut Karl H.P. Bienek (siehe dazu dessen Webseite ‚die Siemensstadt') die Umbenennung in ‚Siemensstadt-Fürstenbrunn' veranlasst worden sein.

Storkower Straße - der lange Jammer

Am S-Bahnhof Storkower Straße in Berlin-Lichtenberg lag einst der zentrale Vieh- und Schlachthof Berlins. Zur Überquerung des Geländes wurde 1937 eine 420 m lange Fußgängerbrücke erbaut. 1976-77 wurde dieses auf 505 m zum S-Bahnhof Storkower Straße verlängert und war damit Europas längste Fußgängerbrücke. Ihre Spitznamen, darunter *Langes Elend, Angströhre, Rue de Galopp*, zeigen jedoch, dass es sich dabei um keine angenehme Straßenüberquerung handelte. Im Jahre 2002 wurde ein 300 m langes mittleres Teil abgerissen, aber auch ein 45 m langes Stück zum S-Bahnhof saniert. Im Jahr 2006 fiel schließlich ein verbliebener Abschnitt an der Eldaer Straße ebenfalls der Abrissbirne zum Opfer. Heute kann man über den Rest der Brücke den S-Bahnhof und die andere Seite der Gleise erreichen, den stillgelegten Viehmarkt kann man jedoch nicht mehr überqueren. Der einstige Lange Jammer endet jetzt stumpf.

S-Bahnhof Storkower Straße: verkürzter Überweg

Wollankstraße und der Fluchttunnel

Als es die Berliner Mauer noch gab, war der S-Bahnhof Wollankstraße eine Besonderheit. Er lag im Ostteil der Stadt (in Pankow), gehörte aber zum S-Bahnnetz West-berlins. Während er einen Ausgang (welcher auf der Grenz-linie lag) zum Westteil der Stadt hatte, gab es von Osten keinen Zugang. Unmittelbar östlich des Bahnhofs verlief die Mauer. Vom Bahnhof konnte man nach Abriss der Wohnbebauung den Todesstreifen sehen.

Im Jahre 1962 senkte sich überraschenderweise die Bahnsteigoberfläche. Dem nachgehend, entdeckten die DDR-Grenzer einen Fluchttunnel, der vom Westen durch das S-Bahnviadukt hindurch gegraben worden war.

☞ Die S-Bahn in Ostberlin hatte zu DDR-Zeiten eine auffällige rote Farbgebung mit braunem Fensterband. Honecker soll von dieser Farbgebung auf einem Messebesuch so angetan gewesen sein, dass er sie für die gesamte S-Bahnflotte anordnete. Später verhalf diese Farbe den S-Bahnwagen zum (vom Sozialismus wohl nicht geschätzten) Spitznamen `Coladose´.

S-Bahnstation Savignyplatz und der Buchladen

Eine der schönsten deutschen Buchläden, der *Bücherbogen*, eine Buchhandlung zu Architektur, Kunst, Film, Foto und Design, liegt unter dem Bahnviadukt an der S-Bahnstation Savignyplatz in Charlottenburg. Schmökert man in diesen Gewölben, hört man über sich das Donnern der Züge.

Berlin Lichterfelde Ost und die erste Elektrische

Im Fußgängertunnel des S-Bahn- und Regionalbahnhofs Lichterfelde Ost weist eine Informationstafel darauf hin, dass hier im Mai 1881 die erste elektrische Bahn der Welt abfuhr, eine von Siemens gebaute Straßenbahn. Sie fuhr die Strecke vom Bahnhof zur Kadettenanstalt Lichterfelde.

2. Brandenburg

Königs Wusterhausen und Amanullah

Amanullah Khan (1892-1960) war 1919-1926 Emir und von 1926-1929 König von Afghanistan. Im Zuge seiner Modernisierungsbemühungen pflegte er besonders gute Beziehungen zu Deutschland. Im Sommer 1928 führte ihn eine Europareise auch nach Berlin. Dort wurde ihm die Gelegenheit gegeben, einen damals modernen U-Bahnzug des Typs A2 selbst zu fahren. Diese Bauart bekam dadurch den Spitznamen *Amanullah-Zug*. Auch das Berliner Umland besuchte der König, so in Nauen eine Funkstation. In Königs Wusterhausen stand der Straßenkehrer Erich Lange jedoch stundenlang in seiner mit Eichenlaub verzierten Gala-Uniform vergeblich am Bahnhof Spalier. Kollegen hatten sich einen Scherz erlaubt und ihm weisgemacht, König Amanullah käme hier am Bahnhof an. Erich Lange hatte durch diesen Streich den Spitznamen *Amanullah* weg.

Dannenwalde und der Barfußpfad

Das Dorf Dannenwalde in der Prignitz im Westen Brandenburgs kämpfte lange um den Erhalt seines Bahnhofs. 1997 wurde ein Verein *Umweltbahnhof Dannenwalde* gegründet, um den Bahnhof attraktiver zu machen. Schließlich wurde im Sommer 2007 auch noch ein Barfußpfad am Bahnhof angelegt, der erste mit Bahnanschluss.

Cottbus' ‚Bayerischer Bahnhof'

Der Hauptbahnhof von Cottbus hatte zu DDR-Zeiten wegen der damaligen blauweißen Fassadengestaltung den Spitznamen `*Bayerischer Bahnhof*'. Nach einer Sanierung im Jahr 2020 erinnerte die Farbgestaltung der Fassade mit ihren von Blau ins Rot changierenden Streifen manche an die *Warming Stripes*, die das Fortschreiten des Klimawandels aufzeigen sollen. Die Bahn wies jedoch darauf hin, die Intention wäre vielmehr gewesen, das alte Blauweiß aufzunehmen und mit dem DB-Rot zu kombinieren.

Eberswalde und der Spritzkuchen

Das an der Eisenbahnstrecke von Berlin zum im 19. Jahrhundert wichtigen Ostseehafen Stettin (von wo Güter über die Oder bis nach Schlesien transportiert wurden) gelegene Eberswalde bekam bereits 1842 Schienenanschluss. Zehn Jahre zuvor hatte sich der Berliner Konditor Gustav Luis Zietemann im Ort niedergelassen. Zietemann überraschte die Eberswalder mit seiner Erfindung, dem originalen Eberswalder Spritzkuchen. Als der Eisenbahnanschluss kam, ließ Zietemann den Spritzkuchen an den Bahnhof liefern und bald war die Stadt bei Reisenden durch ihr Brandteiggebäck in aller Munde. Heute erinnert im Empfangsgebäude eine Bronzestatue eines ‚Spritzkuchenjungens' an die Zeiten, als das lokale Gebäck noch zu den Reisenden an den Bahnsteig gebracht wurde.

Stahnsdorf - der verschwundene Bahnhof

Von einem der merkwürdigsten Bahnhöfe Deutschlands ist heute kaum mehr eine Spur vorhanden. Um 1900 litten Charlottenburg und Schöneberg, damals noch Vororte Berlins, an Mangel an Friedhofsplätzen. Schließlich stellte die preußische Provinz Brandenburg beim heutigen Stahnsdorf Fläche für einen Zentralfriedhof zur Verfügung, der der zweitgrößte Begräbnisplatz Deutschlands werden sollte. Um die Trauernden zum Friedhof zu bringen, wurde eine eigene Eisenbahnstrecke vom Anschlusspunkt Bahnhof (Berlin-) Wannsee nach Stahnsdorf gebaut, welche im Juni 1913 eröffnet wurde, und der Friedhof bekam sein eigenes Empfangsgebäude. Im Bahnhof Halensee wurden die Leichen gesammelt und in gedeckte Wagen verladen. Von dort wurden sie mit Regelgüterzügen nach Wannsee gebracht, von wo aus täglich ein Leichentransportzug nach Stahnsdorf fuhr. Mit dem Mauerbau endete 1961 der Zugverkehr, 1976 wurde das Empfangsgebäude abgerissen.

Calau und der Kalauer

In der brandenburgischen Stadt Calau geht man davon aus, dass der Kalauer als Wortwitz aus dieser Stadt stammt. Calau wurde einst mit K geschrieben und war in vorindustriellen Zeiten eine Hochburg von Stiefel- und Schuhmachern. Die örtlichen Schuster sollen für Anekdoten und Wortwitze bekannt gewesen sein, welche Wander-gesellen in die Welt trugen. Die seit 1848 erscheinende Zeitschrift *Kladderadatsch* verhalf den Kalauern unter der Rubrik *`aus Kalau wird berichtet´* in ganz Deutschland zu Bekanntheit.
Heute nennt sich Calau *`kerngesunde Kleinstadt mit Witz´* und seit ein paar Jahren gibt es sogar einen Witzerundweg. An der Straße zum mit 2.3 km recht weit vom Ortszentrum entfernt gelegenen Bahnhof findet sich ein Schild mit folgendem Witz: *Warum ist der Calauer Bahnhof so weit von der Stadt entfernt? Weil die alten Stadtväter ihn dicht bei den Gleisen haben wollten.*

Kurt Mühlenhaupt und der Bahnhof

Der Maler Bildhauer und Schriftsteller Kurt Mühlenhaupt (1921-2006) wurde im Zug Prag-Berlin geboren. In die Geburtsurkunde trug man den nächstgelegenen Bahnhof Klein Ziescht ein. Heute ist Klein Ziescht Ortsteil von Baruth/Mark (Kreis Teltow-Fläming) und ohne Bahnstation.

Wünsdorf- der Russenbahnhof

Zu Zeiten der Deutschen Teilung war der Bahnhof Wünsdorf einer der vier Sonderbahnhöfe der Alliierten. Er fungierte als Bahnstation der sowjetischen Truppen, denn in Wünsdorf lag das Hauptquartier der Westgruppe der sowjetischen

Streitkräfte mit 20 000 Soldaten. Die Bahnsteigschilder von Wünsdorf zeigten deshalb auch kyrillische Lettern und der Bahnhof wurde von der Bevölkerung auch Russenbahnhof genannt. Am 11. Juni 1994 fanden in Wünsdorf die Abschiedsfeiern der sowjetischen Truppen statt und mittlerweile hat sich in einem Teil des ehemaligen Militärareals ein Bücherdorf einquartiert.

Luckenwalde und die Bibliothek

Als man in Luckenwalde größere Räume für die Stadtbibliothek suchte kam man auf die Idee, die Bibliothek mit ihren über 40 000 Medien in das leerstehende Bahnhofsgebäude zu verlegen. Das Empfangsgebäude wurde entsprechend umgebaut, mit einem goldfarbigen Anbau wurde ein moderner Akzent gesetzt und es wurde n vom Gebäude getrennt Zugänge zu den Gleisen geschaffen. Das Bahnhofsgebäude wurde so vor dem Verfall gerettet und das Bahnhofsviertel aufgewertet. Die Bibliothek war zudem optimal an den Nahverkehr angeschlossen. Das Konzept war so überzeugend, dass die Bücherei im Jahr 2010 mit dem Deutschen Städtebaupreis ausgezeichnet wurde.

Jüterbog und der Bärenkäfig

Jüterbog hat mit seinem in klassizistischem Stil erbauten Bahnhof eines der ältesten erhaltenen Empfangsgebäude Brandenburgs. Doch Serviceeinrichtungen gibt es wenig und der Bahnhof ist recht weit vom Stadtzentrum entfernt. Näher ist es zum Jüterbog II genannte Stadtteil, einst ein Militärstandort mit Garnison und Artillerie-Schießschulen. Doch auch dort ist man mit der Erreichbarkeit des Bahnhofs nicht zufrieden. Denn am Nordausgang der Unterführung fehlt ein Aufzug. Dafür steht dort seit Jahrzehnten ein unansehnliches Provisorium aus Wellblech und Holz, welches im Volksmund `Bärenkäfig´ genannt wird. Ein Bär würde eigentlich eher zu Berlin passen, als zu Brandenburg.

3. Mecklenburg-Vorpommern

Rostock - der Lloydbahnhof

Die private Gesellschaft norddeutscher Lloyd errichtete über Neustrelitz nach Norden eine direkte Bahnverbindung Berlin-Kopenhagen ein, welche auch über Rostock und Warnemünde führte. Neben einem Empfangsgebäude in Warnemünde wurde auch in Rostock 1886 ein eigener Bahnhof gebaut, der Lloyd-Bahnhof genannt wurde. Mit der Verstaatlichung der Lloyd-Bahn wurde dieser 1894 zum *Central-Bahnhof*. Später wurde daraus der Hauptbahnhof, während der näher an der Innenstadt gelegene Stadtbahnhof nur noch Güterverkehr aufwies. Der Hauptbahnhof selbst erhielt zur Gartenbauausstellung IGA 2003 eine Straßenbahnunterquerung mit unterirdischer Haltestelle.

Schwerin Hbf und die Lehrerin Grunthal

Der 1889 nach belgisch-französischem Vorbild im Neobarockstil errichtete Schweriner Hauptbahnhof ist im Krieg nicht zerstört worden und in der Außengestalt in seiner ursprünglichen Form erhalten. 12 000 Reisende nutzen den Bahnhof täglich und wenn sie in die Stadt gehen überqueren sie den vor dem Bahnhof gelegenen Grunthalplatz. Dieser ist nach der Lehrerin Marianne Grunthal benannt (1896-1945), die von SS-Männern am 2. Mai 1945 auf dem Bahnhofsplatz erhängt wurde - eine Stunde bevor amerikanische Truppen in die Stadt einmarschierten. SS-Leute hatten gehört wie Grunthal, nachdem sich die Nachricht von Hitlers Tod verbreitet hatte, sagte *„Gott sei Dank, dann ist der furchtbare Krieg endlich zu Ende“*.

☞Auf dem Bahnhofsplatz steht der 1911 erbaute Brunnen *‚Rettung aus Seenot‘*. Die Stifterin Kommerzialrätin Mühlenbruch soll einst aufgrund der freizügigen Darstellung von Adonis in Ohnmacht gefallen sein.

Bad Doberan und der Mops

Bad Doberan ist Ausgangspunkt einer ‚Molli' genannten 900 mm Dampfbahn. Diese wurde 1886 zwischen Bad Doberan und Heiligendamm erbaut und 1910 nach Arendsee (heute Ortsteil Kühlungsborns) verlängert. Doch warum heißt die Bahn eigentlich Molli? Dazu gibt es folgende Anekdote: vor mehr als hundert Jahren reiste eine ältere Dame mit einem dicken Mops namens ‚Molli' nach Bad Doberan. Vom dortigen Bahnhof wollte sie mit der neu eröffneten Dampfeisenbahn nach Heiligendamm fahren. Doch wie sie es auch anstellte, ihr Mops wollte einfach nicht mit. Und plötzlich riss er sogar bellend aus. Die Dame rief ihm Norddeutsch hinterher ‚*Molli bliev stahn*'. Doch nicht der Mops blieb stehen, sondern der gerade anfahrende Dampfzug kam mit einem Quietschen zum Halt. Der Lokführer hatte geglaubt, der energische Befehl gelte seinem Zug. Fortan hieß die Bäderbahn im Volksmund ‚Molli'.

Heiligendamm

Auf seinem Weg nach Heiligendamm hält Molli auch an einer 1822 eröffneten Galopprennbahn, der ältesten des europäischen Kontinents. In Heiligendamm wartet der Molli-Dampflokbahnhof mit einem ‚Herzoglichen Wartesaal', in welchem eine Gaststätte eingerichtet ist, und einer Fahrkartenausgabe im historischen Stil auf, die noch nostalgische Pappfahrkarten ausgibt. Im Obergeschoss des Bahnhofs kann man in Ferienzimmern übernachten, in denen man morgens um sieben durch echte Dampflokpfiffe geweckt wird. Vom 6. bis 8. Juni 2007 war der Bahnhof jedoch für Touristen tabu. Der G8-Gipfel der führenden Industrieländer fand damals in Heiligendamm statt und der Ort war aus Sicherheitsgründen durch einen 15 km langen Sperrzaun vom Umland abgeriegelt. Für einen hatte man jedoch ein Loch im Sperrzaun gelassen - für den Dampfzug Molli. Allerdings durften nur akkreditierte Journalisten per

Dampfbahn von Bad Doberan ins ‚Sperrgebiet‘ anreisen. Doch oft kamen sie gar nicht zu diesem Vergnügen, denn Demonstranten blockierten die Gleise. Die Bundeswehr musste deshalb die Journalisten manchmal mit Schiffen zum Tagungsort bringen. Immerhin brachte der Gipfel Molli Publizität und mit 630 000 beförderten Personen war 2007 ein Rekordjahr für die Schmalspurbahn.

Kühlungsborn

Kühlungsborn entstand 1938 aus drei Orten und Molli hält hier denn auch dreimal, unter anderem an *Molli's Lo(c)k-schuppen*, einer Erlebnisgaststätte im Stil eines Eisenbahn-waggons in Kühlungsborn Ost und am Molli-Museum mit Museums-Café in Kühlungsborn West.

Güstrow und das Hustenbonbon

Im Dezember 1981 führte den deutschen Bundeskanzler Helmut Schmidt ein dreitägiger Besuch bei Staats- und Parteichef Erich Honecker ins mecklenburgische Güstrow, wo eine Besichtigung von Dom und Barlach-Gedenkstätte anstand. Diesmal wollte man spontane und für das DDR-Regime peinliche Sympathiebekundungen wie beim Besuch von Willy Brandt in Erfurt (‚Willy, Willy‘) im Jahre 1970 unbedingt vermeiden. Die Bewohner der Stadt durften ihre Häuser nicht verlassen, Stasi-Mitarbeiter säumten die Straßen. Auch auf dem Bahnhof von Güstrow (damals Fernzugstation der Linie Berlin-Rostock), von dem Schmidt mit einem Sonderzug abreist, hatten verdiente Partei-genossen alles unter Kontrolle. Nur ein Abschiedsgeschenk fehlte irgendwie. Da griff Erich Honecker in seine Jacken-tasche und findet ein Hustenbonbon. Dieses überreichte er durch das geöffnete Zugfenster dem abreisenden Bundes-kanzler. Ein viel reproduziertes Bild, das symbolisch für das Gipfeltreffen ist, welches versöhnlich war, aber nicht zu substanziellen Ergebnissen geführt hat.

Der westlichste Bahnhof der Transsib

Der Fährbahnhof Mukran auf Rügen nennt sich auch ‚*westlichster Bahnhof der Transsibirischen Eisenbahn*', denn hier liegen Gleise in 1520 mm Breitspur wie in den Staaten der ehemaligen Sowjetunion. Von hier bestehen Fährverbindungen nach Klaipeda (Litauen), Baltijsk (Kaliningrad) und Ust Luga (bei St. Petersburg). Wichtige im Fährbahnhof umgeschlagene Güter waren in den letzten Jahren etwa 60 000 Rohre für die Ostsee-Pipeline und der russische Hochgeschwindigkeitszug Velaro, der hier schon mal auf die russische Breitspur gestellt wurde.

Stralsund - Kunst im Bahnhof

1924 zog der Berliner Maler Erich Kliefert mit seiner Frau nach Stralsund gezogen. Das Ostseeklima scheint ihm gut getan zu haben, denn im Juni 1993 konnte er seinen 100. Geburtstag feiern. Am 30. Januar 1994 starb Kliefert in Stralsund. Doch im Hauptbahnhof ankommende Fahrgäste werden noch heute an ihn erinnert, denn sechs Jahrzehnte zuvor hatte sich Kliefert in der Bahnhofshalle mit großformatigen Ansichten Stralsunds und Rügens verewigt.

Bad Kleinen

Im Juni 1993 machte der Bahnhof Bad Kleinen bundesweit Schlagzeilen als die GSG-9, die Antiterroreinheit des Bundesgrenzschutzes, hier versuchte, die Rote-Armee-Fraktion-Mitglieder Birgit Hogefeld und Wolfgang Grams festzunehmen. Der V-Mann Steinmetz hatte Hogefeld dazu gebracht, mit ihm per Bahn von Wismar nach Bad Kleinen zu fahren, um sich dort in der Bahnhofgaststätte mit Grams zu treffen. In der Bahnhofsunterführung erfolgte der Zugriff auf Hogefeld, doch Grams konnte auf den Bahnsteig fliehen. Dort kam es zum Schusswechsel, bei dem Grams und der Sicherheitsbeamte Newrzella getötet wurden.

Greifswald und das Schlangenhaus

Der Bahnhof der Hansestadt Greifswald wurde 1868 fertiggestellt. In den folgenden Jahrzehnten entstand wahrscheinlich der Studentenspruch, *dass man in Greifswald zweimal weint*: das erste Mal, wenn man nach einer Fahrt durch die platte pommersche Provinz an einem grauen, nebligen Herbsttag im wenig einladenden Bahnhof ankommt. Das zweite Mal, wenn man die inzwischen lieb gewordene Stadt wieder verlassen muss.
Zu DDR-Zeiten sah der Bahnhof von Greifswald wachsenden Personenverkehr. Zum Ostsee-Touristenverkehr kamen an- und abreisende Studenten der zweitältesten Universität im Ostseeraum und Arbeiter des AKW Lubmin. Die Schalterhalle war dem Ansturm nicht immer gewachsen, so dass das Empfangsgebäude zeitweise den Spitznamen ‚*Schlangenhaus*‘ hatte.

Das Restaurant im Bahnhof Binz

Im Empfangsgebäude des an der Rügenschen 750 mm Schmalspurbahn gelegenen Kleinbahnhofs Binz findet sich heute das Restaurant ‚Rasender Roland‘. Dieses ist völlig im Eisenbahnstil eingerichtet, mit zahlreichen Details aus der Welt der Bahn. Das setzt sich in der Speisekarte fort, denn alle Gerichte haben eine bahnbezogene Bezeichnung Eine Bärlauchsuppe wird unter dem Titel ‚Zurückbleiben bitte!‘ angeboten, Tomatensuppe mit Sahnehäubchen als ‚Schaffnermütze‘ und Tomaten-Mozzarella-Spieße als Drehgestelle‘. Der letzte Posten auf dem Menü, ein Zitronensorbet‘ wird logischerweise ‚Schlusslicht‘ genannt.
Leider enthält die Speisekarte kein ICE.

4. Sachsen-Anhalt

Magdeburg und die Uffizien

Das Empfangsgebäude des Magdeburger Hauptbahnhofs wurde 1872-1882 im Stil eines toskanischen Palazzo erbaut. Der Bahnhof wurde zwar im Zweiten Weltkrieg stark beschädigt und das westliche Empfangsgebäude wurde nicht wiederaufgebaut, doch das östliche, der Innenstadt zugewandte Gebäude zeigt weiterhin den ursprünglichen Stil. Manche Magdeburger erzählen deshalb, der Hauptbahnhof sei den Uffizien in Florenz nachgebildet. Doch die sehen etwas anders aus und das Elbflorenz ist immer noch Dresden und nicht Magdeburg.

Magdeburg-Südost und der Bauer

Das Empfangsgebäude des Bahnhofs Magdeburg Südost im Stadtteil Westerhüsen wurde 1895 eröffnet, wird heute jedoch als Wohngebäude und Werkstatt genutzt. Bereits 1839 fuhren an einer Vorgängerstation Züge ab. Zur Eröffnung der Strecke begab sich damals ein alter Westerhüser Bauer zur Station. Er stellte sich mitten auf die Schienen, um den Zug einfahren sehen zu können. Ein Bahnmitarbeiter forderte ihn auf, den Schienenbereich zu verlassen. Darauf der Bauer „Nun, ich werde mir das doch angucken können“. Der Beamte entfernte ihn mit Gewalt von den Schienen, kurz bevor der Zug einfuhr. Für sein uneinsichtiges, verkehrsgefährdendes Verhalten wurde dem Bauer ein Strafmandat von 8 Tagen Haft oder drei Taler Strafe aufgebrummt, was er klaglos annahm. Eines Tages zog er seinen besten Anzug an und trug seiner Frau auf, ihm eine Stulle zu schmieren. Ja wo willst du denn hin, fragte diese. Meine Strafe absitzen, meinte er. Aber ich hab‘ doch die 3 Taler schon bezahlt. Was, du hast 3 Taler aus dem Fenster geschmissen, antwortete er, "Wo ich doch so viel Zeit habe, dass ich die Strafe leicht hätte absitzen können.“

Staßfurt - der versunkene Bahnhof

In der Mitte des 19. Jahrhunderts spielte die zwischen Magdeburg und Halle gelegene Stadt Staßfurt für die Entwicklung der Landwirtschaft und indirekt für die Industrialisierung eine wichtige Rolle. Denn unter der Stadt gab es die ersten Kalibergwerke und Kalidünger sorgte in der Landwirtschaft für reichere Ernten und billige Nahrungsmittel für die Industriearbeiter. Staßfurt wurde zur wichtigsten Kalibergbaustadt der Welt. Doch die Stadt musste einen hohen Preis dafür zahlen. Aufgrund von Bergschäden sackte nach und nach die ganze Innenstadt ein, 850 Häuser mussten abgerissen werden und in der Stadtmitte befindet sich heute ein durch einen See gefüllter Krater. Auch das repräsentative Empfangsgebäude des Bahnhofs verlor die Stadt. Heute gibt es nur noch ein schnödes Betonwartehäuschen. Zeitweise gab es sogar Pläne, die Stadt, die zu DDR-Zeiten wichtige Industriebetriebe hatte, darunter das RFT Radiowerk, ganz aufzugeben. Doch Staßfurt lebt.

Pretzsch und Tolstois Tod

Der Schriftsteller Leo Tolstoi (1828-1910) starb einst auf einem russischen Bahnhof an Lungenentzündung. Im Frühjahr 2008 wurde `*The Last Station*´ gedreht, ein Film über Tolstois Lebensende. Drehort war jedoch nicht Russland, sondern wegen der deutschen Filmfördermittel, Sachsen-Anhalt. Der Bahnhof des Örtchens Pretzsch musste den russischen Provinzbahnhof Astopowo geben. Er wurde für zwei Wochen geschlossen, russische Pläne wurden aufgehängt und die Fenster einer modernen Wohnung im ersten Geschoss des Bahnhofs durch Bretter verdeckt. Auch die Eisenbahnlichtsignale wurden hinter Latten versteckt. Dabei waren sie das einzige im Bahnhof, was tatsächlich aus Russland kam - in DDR-Zeiten war hier sowjetische Technologie installiert worden.

Halberstadt und die Aluverkleidung

Im 2. Weltkrieg wurde Halberstadt, die einst schöne Fachwerkstadt am Harz stark zerstört, auch der Bahnhof wurde bombardiert. In den 60er Jahren wurde das Gebäude der damaligen DDR-Architekturmode entsprechend mit Aluminium verkleidet. In Vorbereitung des Sachsen-Anhalt-Tages 1999 wurde die Verkleidung schließlich abgenommen, denn der Bahnhof sollte in alter Schönheit erstrahlen. Doch mit Schrecken musste man erkennen, dass unter der Hülle die Gebäudesubstanz bereits ziemlich angegriffen war. Eine Sandstrahlreinigung musste abgebrochen werden. Als der Ministerpräsident Höppner dann im Sommer mit der Bahn zum Sachsen-Anhalt-Tag anreiste, hoffte man, der schlechte Zustand des Empfangsgebäudes würde diesem Finanzhilfen entlocken. Doch der Ministerpräsident hatte kein Geld mitgebracht und das Gebäude harrte weiter seiner Grundsanierung. 2008 begann jedoch endlich die Sanierung und im August 2010 strahlte der attraktive Backsteinbau endlich in neuem Glanz.

Wittenbergs grüne Zukunft

Im Dezember 2016 bekam die Lutherstadt Wittenberg, die nur 25 km von Dessau, dem Standort des Umweltbundesamtes entfernt liegt, nach Kerpen-Horrem in NRW, den zweiten `Grünen Bahnhof´ Deutschlands. Erdwärmepumpen und Fotovoltaik decken den Energiebedarf, Regenwasseraufbereitung stellt die Wasserversorgung sicher. Eigentlich passt dies zur Lutherstadt, denn der Reformator soll einst gesagt haben *„und wenn ich wüsste, dass heute die Welt unterginge, würde ich heute noch ein Apfelbäumchen pflanzen"*.

☞ Wittenberg bekam also eine der modernsten Bahnstationen des Landes. Mit dem ‚Alten Bahnhof' aus dem Jahre 1841 hat die Stadt zudem eines der ältesten erhaltenen Bahnhofsgebäude Deutschlands.

Genthin und die Katastrophe

Auf dem Bahnhofsplatz der sachsen-anhaltinischen Stadt Genthin steht ein Denkmal mit einem Eisenbahnradsatz und der Aufschrift *22.12.1939 278 Tote*. Das Denkmal erinnert an ein Zugunglück im Bahnhof, welches als das schlimmste der deutschen Eisenbahngeschichte gilt. Am Abend des 21. Dezember war ein überfüllter D-Zug (D 10) von Berlin nach Köln um 23:15 pünktlich vom Potsdamer Bahnhof in Berlin abgefahren, sammelte aber in jeder weiteren Station immer mehr Verspätung an, da sich durch das kriegsbedingte Verdunkeln das Ein- und Aussteigen verzögerte. Um 23:45 fuhr ein weiterer D-Zug von Berlin Richtung Neunkirchen an der Saar ab, der D 180. Ab Potsdam sollte dieser zweite Zug bis Magdeburg durchfahren. Vor Genthin hatten beide Züge nur noch Blockabstand. Der D 180 überfuhr auf der Blockstelle vor Genthin ein Halt zeigendes Blocksignal und fuhr somit in den Streckenabschnitt ein, der bereits durch den D 10 belegt war. Als Ursache wird neben schlechter Sicht über eine Kohlenmonoxid-Vergiftung des Lokpersonals spekuliert. Im Bahnhof Genthin versuchte man noch, den D 180 mit einem Nothaltsignal zu stoppen. Doch unglückliche Umstände führten dazu, dass der Lokführer des vorausfahrenden D 10 das Notsignal auf sich bezog und im Bahnhof Genthin eine Schnellbremsung einlegte. Der D 180 fuhr so mit 100 km/h auf den im Bahnhof stehenden D 10 auf, Waggons schoben sich ineinander. Die Deutsche Reichsbahn zählte offiziell 186 Tote und 106 Verletzte. Die Gemeinde Genthin ermittelte jedoch 278 Tote und 453 Verletzte. Weil die Presse gleichgeschaltet war und nicht ausführlich über das Unglück berichten durfte und weil es sich während des Zweiten Weltkriegs ereignete, ist das Unglück der deutschen Öffentlichkeit weniger im Gedächtnis geblieben, als manche andere Eisenbahnkatastrophe mit weniger Toten.

Wernigerode - Hochschule mit Dampflokanschluss

Auf der Harzer Schmalspurbahnstrecke von Wernigerode zum Brocken gibt es eine Haltestelle ‚*Hochschule Harz*' (früher ‚Wernigerode Kirchstraße'). Diese Hochschule ist damit die einzige Deutschlands mit eigener Schmalspurstation und an welcher fahrplanmäßig Dampfloks halten.
Zu hoffen ist, dass die Studenten der Hochschule kein Schmalspur-Studium absolvieren.

Halle und das Goetz-Zitat

Im Oktober 2004 wurde hinter dem *neuen Theater* in Halle ein Denkmal für den Schriftsteller und Schauspieler Kurt Goetz (1888-1960) aufgestellt. Dieses zeigt Goetz auf dem Hauptbahnhof Halle stehend. Im Bahnhof von Halle gibt es ein ähnliches Denkmal. Was hat es damit auf sich? Kurt Goetz wurde 1888 als Sohn eines Schweizer Kaufmanns in Mainz geboren. Als dieser 1890 starb, zog seine Mutter mit dem zweijährigen Kurt nach Halle, wo dieser bis zum Abitur im Jahre 1907 blieb. Danach verschlug ihn eine Theaterkarriere in verschiedene Städte des deutschsprachigen Raumes. 1939 ging er nach Hollywood.

In Halle ist Goetz Spruch bekannt ‚*Das Schönste an Halle ist der Hauptbahnhof*'. Im Rahmen der Aktion ‚Halle liest' wurde am 28. Mai 2010 in einem Eisenbahnwaggon am Gleis 1 des Hauptbahnhofs das Zitat berichtigt. Denn Goetz hatte in seinem Roman ‚*Die Memoiren des Peterhans von Binningen*' (1960) eigentlich geschrieben ‚*Das schönste an Halle sei jedoch der Hauptbahnhof*', mit dem Einschub ‚*nach der Überzeugung weitgereister Leute, sofern sie sich nicht genieren, diesen alten Witz anzubringen*'.
Der komplizierte Eisenbahnknoten Halle, mit einem als Inselbahnhof zwischen den Gleisen liegenden Hauptbahnhof, befindet sich seit mehreren Jahren im Umbau. Im Herbst 2017 kam es sogar zu einer mehrtägigen Vollsperrung des Bahnhofs.

Köthen - der erste Eisenbahnknotenpunkt

Köthens Bahnhof gilt als ein historisch bedeutendes Zeugnis der deutschen Eisenbahngeschichte. Als im Juni 1840 die Magdeburg-Cöthen-Halle-Leipziger Eisenbahngesellschaft (MCHLE) und im September 1840 die Berlin-Anhaltinische Eisenbahngesellschaft (BAE) ihren Betrieb aufnahmen, wurde Köthen zum erstem Eisenbahnknotenpunkt Deutschlands. Die beiden Eisenbahngesellschaften errichteten in Köthen einen Berliner und einen Magdeburger Bahnhof. Während der Berliner Bahnhof 1911 abgerissen wurde, ist Letzterer, mittlerweile als Hotel genutzt, bis heute erhalten geblieben. 1870/71 ließ die MCHLE südlich des Magdeburger Bahnhofs ein neues Empfangsgebäude errichten, während die BAE unweit davon den Berlin-Halberstädter Bahnhof errichten ließ. Auch diese Ziegelbauten gibt es heute noch, allerdings werden sie nicht mehr genutzt. Nachdem die preußischen Eisenbahngesellschaften in den 1880er Jahren verstaatlicht wurden, wollte man die verstreuten Bahngebäude durch einen Zentralbahnhof ersetzen. Das neue, neobarocke Empfangsgebäude, welches noch heute von der Bahn genutzt wird, konnte jedoch erst 1920 fertig gestellt werden. So kam es im Laufe der Zeit zu einer interessanten Ansammlung von Empfangsgebäuden in verschiedenen Stilrichtungen. Und das ist noch nicht alles, denn auch Nebengebäude wie ein Dampflok-Wasserturm, ein Lokschuppen, Stellwerke und ein Umspannwerk blieben erhalten, heute allesamt unter Denkmalschutz stehend. Im Krieg wurde die Bahnhofsanlage nicht zerstört und so findet sich in Köthen heute einer in seiner historischen Architektur am besten erhaltenen Bahnknoten Deutschlands.

5. Thüringen

Gotha und das Goethe-Zitat

Als das klassizistische Empfangsgebäude des Bahnhofs von Gotha 1847 eröffnet wurde war Gotha Landeshauptstadt von Sachsen-Gotha. Entsprechend repräsentativ fiel das Bahnhofsgebäude aus, das nach Bombenschäden im Krieg heute in verkleinerter und vereinfachter Form als eines der ältesten Mitteldeutschlands weiterbesteht. Im Jahr 2007 gestaltete man den Bahnhofsvorplatz zu einem Nahverkehrsterminal um. Das Terminaldach bekam dabei ein Betonband mit einem Goethe-Zitat als Lichtfries *„Denn man reist doch wahrlich nicht, um auf jeder Station einerlei zu sehen und zu hören.*"

Erfurt und Willy am Fenster

Der Erfurter Hauptbahnhof veränderte in den letzten Jahren erheblich sein Gesicht. Das Haupt-Empfangsgebäude wurde aufgefrischt, erhielt eine Ladenzeile und der Inselbahnhof zwischen den Gleisen verschwand. Von den Gleisen erkennt man durch die neue transparente Bahnhofshalle den schräg gegenüberliegenden weißen Bau des Vorgängerbahnhofs, sowie die Fassade des ehemaligen Hotels Erfurter Hof. Hier spielten sich im März 1970 bewegende Szenen ab. Bundeskanzler Willy Brandt (1912-1992), war mit dem Zug zum ersten deutsch-deutschen Gipfeltreffen nach Erfurt gereist. Er konferierte mit Willi Stoph, dem Vorsitzenden des Ministerrates der DDR, im Erfurter Hof, gegenüber dem Hauptbahnhof. Auf dem Platz vor dem Hotel versammelten sich viele Erfurter und riefen „Willy, Willy". Nach offizieller DDR-Lesart sei nicht klar gewesen, welcher Willi gemeint war. Und schließlich öffnete Brandt das Fenster seines Zimmers Nr. 222 und zeigte sich. Die Medien verbreiteten das Bild eines nachdenklichen Kanzlers und es blieb vielen Deutschen im Gedächtnis hängen.

Der Bahnhofsplatz wurde nach der Wende in Willy-Brandt-Platz umgetauft. Das Hotel Erfurter Hof entwickelte sich nach der Wende jedoch nicht so gut und lag seit 1996 brach (heute ist das Gebäude ein Geschäftshaus). Geschmückt wurde es jedoch durch ein Plakat `Danke Willy´ und ein Portrait Brandts in jenem Fenster, das sich einst öffnete. 2006 wurde ein Wettbewerb für ein Denkmal wurde ausgeschrieben und vom Berliner Künstler David Mannstein gewonnen. Der sah eine Lichtinstallation „Willy komm ans Fenster“ vor. Die Stadt setzte jedoch eine Änderung in „*Willy Brandt ans Fenster*“ durch, um deutlicher zu machen, dass der Ex-Kanzler gemeint ist.

Vieselbach - zwischen den Beinen

Das an der Bahnlinie von Leipzig nach Erfurt gelegene Vieselbach erhielt bereits 1847 einen ersten Bahnhof. Anfang des 20. Jahrhunderts kam der bayerische Komponist Max Reger (1873-1916) oft mit dem Zug durch den zwischen Erfurt und Weimar gelegenen Ort, denn er war in Thüringen tätig, musste aber jede Woche nach Leipzig zu einer Lehrveranstaltung fahren. Als er einmal im Zug von Leipzig nach Erfurt saß, ergab sich laut Bernhard Heckers Buch ‚Weimarer Anekdoten’ folgende Geschichte: In Weimar stieg eine Dame ins Abteil und ließ sich erschöpft in den Sitz fallen. Wieder zu sich gekommen erkannte sie schließlich den Komponisten und klagte ihm ihr Leid: „Es ist schrecklich. Ich bin Sängerin und habe so viel zu tun, dass ich nicht aus noch ein weiß. Mit einem Bein stehe ich quasi in Weimar und mit dem anderen in Erfurt auf der Bühne“. Darauf murmelte der für seinen drastischen bayerischen Witz bekannte Reger: „*Schade, dass ich nicht Stationsvorsteher in Vieselbach bin*“.

Heute ist Vieselbach (2200 Einwohner) ein Ortsteil von Erfurt. Im Zuge von Ausbaumaßnahmen der Bahnstrecke das alte Bahnhofsgebäude 2011 abgerissen.

Bahnhof Weimar

Großburschlas unzugänglicher Bahnhof

Das Dorf Großburschla liegt in einem Zipfel Thüringens, der nach Hessen hineinragt. Zur Zeit der Teilung war es fast auf allen Seiten von der Mauer umgeben. Der Bahnhof von Großburschla lag zudem auf der Gemarkung von Altenburschla und damit im Westen und konnte also von den Bewohnern nicht genutzt werden. Heute gehört Großburschla zur Stadt Treffurt und am Bahnhof halten schon lange keine Züge mehr.

Mühlhausens `Ammerscher Bahnhof´

In Mühlhausen gibt es ein Hotel namens *Ammerscher Bahnhof*. Es ist bereits vorgekommen, dass Hotelgäste hinter dem Hotelgebäude nach Gleisen oder anderen Bahnhofsspuren gesucht haben. Dabei ist das Gebäude seit 1794 Gasthaus. Es liegt an der Ammerstraße und war Stützpunkt durchreisender Handelsleute. So bildete sich, als auf der anderen Stadtseite ein richtiger Bahnhof gebaut wurde, bald der Spitzname `Ammerscher Bahnhof´ heraus. In der Gaststätte kann man heute sogar eine `Fahrkarte´ kaufen (1 Bier und 1 Schnaps).

☞: Im August 2003 kam Ammern bei Mühlhausen zu einem richtigen DB-Haltepunkt und damit sozusagen einem echten Bahnhof.

Lichtenhain an der Bergbahn

Die 4 km lange, 1923 eröffnete Oberweißbacher Bergbahn in Thüringen ist eine interessante Kombination einer Flachbahn mit einer Standseilbahn. Letztere nutzt, betrieblich auch eher selten, einen Aufsetzwagen (heute in der Form eines früheren Beiwagens einer ehemaligen Kleinbahn). Überraschenderweise gehört diese Bergbahn (als einzige Standseilbahn) der DB. Betrieblich interessanteste Station der Bergbahn ist Lichtenhain mit seiner offenen Bahnhofshalle im Fachwerkstil.

Apolda und der Stern

Im September 1884 wurde der Bahnhof von Apolda durch ein großes Feuer zerstört. Am 1. April 1890 wurde ein neuer Bahnhof in Neorenaissancestil eröffnete. Bei der Ausmalung des Empfangsgebäudes griff man, kein Aprilscherz, auf Freimaurersymbole zurück. Auch ein Davidstern ist zu sehen, obwohl dieser nicht zur traditionellen Logen-Symbolik gehört. Was es mit diesem Davidstern auf sich hat, blieb bis heute ungeklärt.

Kölleda

Kölleda gilt als Pfefferminzstadt. Als am 14. August 1874 die Strecke Straußfurt-Kölleda-Großheringen eröffnet wurde, ließen es sich die Kölledaer nicht nehmen, den örtlichen Bahnhof und auch die erste Lokomotive mit Pfefferminzgirlanden zu behängen. ‚*Sieh, da kommt unsere Pfefferminzbahn*‘ rief ein Spötter aus. Noch heute wird die Bahnlinie Pfefferminzbahn genannt.

6. Sachsen

Leipzig Bayerischer Bahnhof

Der Bayerische Bahnhof in Leipzig wurde 1844 in Betrieb genommen und gilt als ältester Kopfbahnhof Deutschlands. Der Portikus trägt jedoch nicht die Inschrift Bayerischer Bahnhof, sondern SAECHS.-BAYERSCHE STAATS-EISENBAHN. Ursprünglich war die Inschrift `Sächs. Baier. Eisenbahn´, die dann durch die heutige ersetzt wurde, die jedoch zwischenzeitlich durch Bayerischer Bahnhof ersetzt worden war. So half man einer heute nicht ganz richtigen Bezeichnung des bayerischen wieder zur Geltung.
Nach der Einstellung des Bahnbetriebes im Jahre 2001 fährt allerdings gegenwärtig kein Zug mehr zu diesem Bahnhof. Doch befindet sich heute ein durch die Innenstadt führender Tunnel zwischen diesem Kopfbahnhof und dem Hauptbahnhof im Bau. Im Dezember 2013 ging hier ein unterirdischer S-Bahnhof in Betrieb. Zeitweise war der Baustellenspitzname in Leipzig nach dem damaligen Bürgermeister/Verkehrsminister:`*Tiefensee-Mausoleum*´. Im April 2006 musste dabei der Portikus mit Hilfe spezieller Gleitlager um 30 Meter zur Seite geschoben werden. Wenn man in einem anfahrenden Zug sitzt, kommt es einem oft vor, als würde sich nicht der Zug, sondern der Bahnhof bewegen. In diesem Fall war es einmal wirklich ein Bahnhof, der sich von der Stelle bewegte. Am 30. Oktober 2009 wurde der Bahnhof wieder an seinen alten Platz zurückgeschoben. Der Bau des City-Tunnels, der im Dezember 2013 eröffnet wurde, wurde dabei weit teurer, als geplant. Aber schon in den 1840er Jahren hatte man Probleme mit den Kosten. Die Aktionäre, die den Bayerischen Bahnhof finanzierten sprachen von einem ‚*Tempel der Verschwendung*'.

Leipzig Hbf und die Demarkationslinie

Der 1915 eröffnete Leipziger Hauptbahnhof, der 6 über das Stadtgebiet verstreute Stationen ersetzte, galt einst mit 31 Gleisen als größter Kopfbahnhof Europas. 5 Gleise lagen an Außenbahnsteigen und 26 in der Bahnhofshalle. Einst ging mitten durch den Bahnhof die Demarkationslinie zwischen den Hoheitsgebieten der preußischen und der sächsischen Staatseisenbahn. Gleise 1-13 gehörten der preußischen, Gleise 14-26 der sächsischen Bahn. Es gab zwei Empfangshallen, zwei Treppenaufgänge und zwei Wartesäle. Bis 1934 durfte kein preußischer Zug in den sächsischen Teil einfahren und umgekehrt. Der Leipziger Hauptbahnhof wurde 1997 zu einem *`Einkaufszentrum mit Gleisanschluss'* umgebaut. Dabei wurden zwei der einst sächsischen Gleise zu Autoparkplätzen. Der Bahnhof hatte damit nur noch 24 Gleise - so viele wie sein Rivale Frankfurt Hbf. Mit dem City-Tunnel und dafür notwendige Treppenanlagen gingen weitere Gleise verloren (während unterirdisch zwei dazu kamen), so dass es heute nur noch 23 Gleise sind.

☞ Unweit von Leipzig gab es einen weiteren sächsischen Bahnhof mit Gleisrekord - die Station Mügeln galt einst als größter Schmalspurbahnhof Europas.

Leipzig Markt und der fehlende Anschluss

In den letzten Jahren laufen Großprojekte in Deutschland in der Regel zeitlich und kostenmäßig aus dem Ruder. Von diesem Phänomen war auch der Leipziger City-Tunnel betroffen. Er wurde nicht nur vier Jahre später fertig (2013), als ursprünglich geplant, die Kosten verdoppelten sich zudem fast von ursprünglich veranschlagten 572 Millionen auf 960 Millionen. Zu den kleineren Pannen mit Anekdotencharakter gehört die, dass die Sicherheitszentrale unter dem Leipziger Markt zunächst keinen Telefonanschluss hatte. Wegen fehlender Postadresse hatte sich die Telekom zunächst geweigert, eine Leitung zu legen. Erst ein

Schreiben an den Telekom-Chef Obermann sorgte für Abhilfe. Eine zweite Panne gab es, als eine Tunnelbohrmaschine keinen Rückwärtsgang hatte und im Tunnel feststeckte. Man musste sie mit einem extra aufgetriebenen russischen Panzerschlepper aus der Röhre ziehen.

Leipzig Wilhelm-Leuschner-Platz

Als der Leipziger City-Tunnel schließlich am 15. Dezember 2013 eröffnet wurde, kam es zunächst zu leichten Verspätungen im Betriebsablauf. Die neue *S-Bahn Mitteldeutschland* hatte viele Schaulustige angelockt und das eingesetzte Zugmaterial (Bombardier Talent 2) war den Fahrgastmassen nicht ganz gewachsen. Wegen der charakteristischen knuffigen Front und der weißgrauen Lackierung hatte sich für die Züge bei den Leipzigern bald der Spitzname *Hamsterbacke* eingebürgert.
Die vom Schweizer Architekten Max Dudler gestaltete Station *Wilhelm-Leuschner-Platz* beeindruckt durch eine Wand- und Deckenfassade, die aus 130 000 Glasbausteinen besteht, welche von rund 700 Leuchten von hinten angestrahlt werden. Während die kühle, minimalistische und fast sakrale Ausstrahlung der unterirdischen Station beeindruckt, hat die klobige Gestaltung des oberirdischen Zugangsbauwerks auch kritische Reaktionen hervorgerufen. Es trägt bereits den Spitznamen *Klohäuschen.*

Amerika in Sachsen

Ausgerechnet in Sachsen gibt es einen Bahnhof namens Amerika. Im Jahre 1836 wurde unweit der Stadt Penig eine Baumwollspinnerei errichtet. Anfangs kamen die Arbeiter von der gegenüberliegenden Flussseite. Eine Brücke gab es aber noch nicht, deshalb musste der Fluss über Trittsteine überquert werden. Weil die Fabrik *`auf der anderen Seite des Teiches´* lag, hat sich der Name Amerika eingebürgert. Der Ort bekam später Bahnanschluss und der Bahnhof hieß somit ebenfalls Amerika. Nach der `Wende´ ging die Fabrik in Konkurs, Amerika war zu kaufen und der Ort wurde in den neunziger Jahren in die Stadt Penig eingemeindet. Nach der Flut des Jahres 2002 wurde der Betrieb auf der Muldentalbahn eingestellt, und heute hält kein Zug mehr in `Amerika´. Auf einem Teilstück findet allerdings bereits wieder Touristenverkehr statt und es gibt Pläne diesen bis Penig (kurz vor Amerika) auszudehnen.

Zug nach Kötzschenbroda

Als die Bahninfrastruktur kurz nach dem Zweiten Weltkrieg noch in Trümmern lag, war der Bahnhof des Radebeuler Stadtteils Kötzschenbroda (heute Radebeul West) der einzige betriebsbereite im Großraum Dresden. Bahnreisende nach Dresden mussten den ‚*Zug nach Kötzschenbroda*' nehmen. Der Berliner Schlagersänger Bully Buhlan sang 1946 zur Melodie von Chattanooga Choo-Choo , *„Verzeihen sie mein Herr, fährt dieser Zug nach Kötzschenbroda?"*, *„Ja, ja, er schafft's vielleicht, wenn's mit der Kohle noch reicht."*

Im Jahre 1983 sollte Udo Lindenberg dieselbe Melodie dann für seinen ‚*Sonderzug nach Pankow*' nutzen.

Dresden - unterm Strick

Hannoveraner treffen sich am Bahnhof ‚*unterm Schwanz*', Dresdner dagegen ‚*unterm Strick*'. Vor der Sanierung hing ein so genannter Strick von der Mitte der Empfangshalle des Hauptbahnhofes. Heute hängt hier nichts mehr, aber der Treffpunkt heißt immer noch so.
Im Jahre 2002 wurde der im Tal der Weißeritz gelegene Bahnhof von diesem Fluss überflutet. Nach einer 2007 abgeschlossenen Sanierung trägt er heute, wie der Reichstag in Berlin, ein Dach des britischen Architekten Sir Norman Foster.

Dresden Hbf

Radebeul-West und das Kino

Radebeul ist ein Elbvorort Dresdens (33 000 Einwohner) und unter anderem für das in dessen ehemaliger Villa untergebrachte Museum Karl Mays (1842-1912) bekannt. Aber Radebeul hat seit Ende 2006 noch eine weitere Besonderheit: Das kleinste kommerzielle Kino der Welt (9 Plätze), das im Bahnhof Radebeul-West (einer der 4 Bahnhöfe der Stadt) eingerichtet wurde.

Zwickau und das Modell

In Zwickau gibt es das sogenannte *Zwickauer Modell* - Eisenbahntriebwagen, die auf Straßenbahntrassen in die vom Hauptbahnhof weiter in die Innenstadt fahren. Nahverkehrszüge der Vogtlandbahn fahren so bis ins Stadtzentrum. Dem Empfangsgebäude selbst, ein wuchtiger Klinkerbau aus den 1930er Jahren, schrieb die örtliche Freie Presse zu DDR-Zeiten (als sie diesen Namen noch nicht verdient hatte) weltstädtische Atmosphäre zu. In der Bahnhofshalle begrüßen zwei Arbeiterstatuen die Reisenden. Vielleicht ist manchmal die Zwickauer Sängerin Regina Thoss darunter, denn sie sang ‚*Hab ich die Faxen dicke, fahr ich zurück nach Zwicke*'.

Chemnitz´ offenes Geheimnis

Die im Krieg zerstörte Bahnsteighalle des 1872 vollendeten Chemnitzer Empfangsgebäudes wurde 1975 in moderner Bauweise wiedererrichtet. Offenes Geheimnis unter den Ingenieuren war hierbei, dass man sich die Münchner Bahnhofshalle als Vorbild genommen hatte. Heute inspiriert wieder ein Vorbild aus dem Westen den Bahnverkehr in Chemnitz: das `Karlsruher Modell´, Stadtbahnen auf Eisenbahnschienen also, wird hier als `Chemnitzer Modell´ verwirklicht.

Chemnitz-Glösa – der Kartoffelbahnhof

Im Jahr 2002, zu ihrem hundertsten Geburtstag also, wurde die 24 km lange Chemnitztalbahn Chemnitz-Wechselburg stillgelegt. Weil hier viel Sand transportiert wurde, hatte die Bahnlinie auch den Spitznamen Sandbahn. Glösa, ihr südlichster Bahnhof, heute Stadtteil von Chemnitz, hatte ebenfalls einen Spitznamen. Weil hier in Norddeutschland angebaute und für Chemnitz bestimmte Kartoffeln in Bahngüterzügen ankamen und umgeladen wurden, wurde die Bahnstation Glösa auch *Kartoffelbahnhof* genannt.

Niederau- einer der ältesten

Der Bahnhof von Niederau wurde im Frühjahr 1842 eröffnet und gehört damit zu den ältesten Empfangsgebäuden Deutschlands. Er diente anfangs auch als Bahnhof für Meißen, denn die Porzellanstadt erhielt erst 1860 direkten Eisenbahnanschluss. Das Empfangsgebäude, damaliger Romantikmode entsprechend, aber untypische für Bahnhofsgebäude in Sachsen, im Schweizerhausstil errichtet. Nach etlichen Umbauten und Renovierungsmaßnahmen ist davon allerdings heute nicht mehr viel zu sehen. In Betrieb ist der Bahnhof aber weiterhin, als der älteste Sachsens.

7. Schleswig-Holstein

Flensburg - der erste ZOB

Flensburg hatte einst einen verspielten, schlossartigen Kopfbahnhof, der wegen seines Baustils auch `*Englischer Bahnhof*´ genannt wurde. Architekt war der Däne Gottlieb Bindesbøll (1800-1856). Als der Bahnhof gebaut wurde, gehörte Flensburg noch zu Dänemark. Am 16. April 1897 setzte der Bahnhof jedoch Maßstäbe, was die deutsche Sprache betrifft. An diesem Tag rief der Vorsteher des Flensburger Bahnhofs Peter Lorenzen den Reisenden zu `*Bitte von der Bahnsteigkante zurücktreten*´. Ein zufällig anwesender Journalist übermittelte diese Worte der Berliner Reichsbahndirektion und so gingen sie in den offiziellen Bahnformulierungsschatz ein. Auf Petersen ging sogar noch eine zweite Formulierung der Bahnbehördensprache zurück: `*Den Anordnungen des Bahnpersonals ist Folge zu weisen*´. 1927 wurde ein neuer Durchgangsbahnhof an der `nordschleswigschen Bahnschleife´ eröffnet. Der alte Bahnhof wurde 1931 durch einen Busbahnhof ersetzt, der der erste Zentrale Omnibusbahnhof (ZOB) Deutschlands war.

Der Kieler Hauptbahnhof und der Kaiser

Der 1899 eröffnete Kieler Hauptbahnhof hatte einst sogar einen Fürstentrakt mit eigenem Bahnsteigzugang und separaten Räumen für den Kaiser. An der Ost- und damit Fördeseite befand sich ein *Kaiserportal* über das Wilhelm II. direkt zu seiner Yacht `Hohenzollern´ gehen konnte. Nach starken Kriegszerstörungen wurde der Bahnhof vereinfacht wiederaufgebaut. Erst die Sanierung 1999-2006 brachte das Kaiserportal wieder zur Geltung und mittlerweile trägt es auch wieder das kaiserliche Wappen.

❖Eckernförde und die Kieler Sprotten

Wer die Sprotte hat, braucht für den Namen nicht zu sorgen. So las man in einem DB-Magazin des Jahres 2020 über Eckernförde. Eckernförde hat erst 1881 einen Bahnhof bekommen. Wäre dies früher geschehen, hießen die Kieler Sprotten heute vielleicht Eckernförder Sprotten.

In Eckernför, dor hebbt se't rut, ut Sülver Gold to maken (In Eckernförde, dort haben sie´s raus, aus Silber Gold zu machen.), kann man an einem Gebäude in der dieser Stadt lesen. Die silberfarbenen Sprotten erhalten durch das Räuchern eine goldene Färbung. Das Räuchern der Sprotten wurde bereits seit Anfang des 19. Jahrhunderts praktiziert. Als die Eisenbahn in die Region kam, wurden diese mit Pferdewagen zum nächsten Bahnhof gebracht, der sich in Kiel befand, wo sie mit einem Frachtstempel des Kieler Bahnhofs versehen wurden. Durch diesen Stempel wurden sie in anderen Gebieten als Kieler Sprotten bekannt.

Lübeck Hbf und der Schah von Persien

Der Lübecker Hauptbahnhof wurde 1908 vom auf Bahnhöfe spezialisierten Wuppertaler Architekten Fritz Klingholz erbaut. Klingholz entwarf unter anderem die Bahnhöfe von Koblenz, Worms und Wiesbaden. 1967 wurde der Bahnhof renoviert, denn der Schah von Persien sollte hier als Abschluss seiner Deutschlandreise mit einem Sonderzug aus Berlin ankommen. In Berlin hatte der Schahbesuch Proteste von Gegnern des Schah-Regimes ausgelöst, die zum Tod des Studenten Benno Ohnesorg (durch eine Polizeikugel) führten. Der Besuch in Schleswig-Holstein galt jedoch als friedlicher Abschluss der Schah-Reise. Wie 1967 änderte eine weitere Renovierung im Jahre 1983 das altertümliche Erscheinungsbild nicht grundlegend. Mit seiner alten Bahnsteigbrücke, den Hallendächern und den tief gelegenen Bahnsteigen hatte der Bahnhof weiterhin eine authentisch altertümliche Atmosphäre und musste in Filmen unter anderen Berlins Anhalter Bahnhof und den Bahnhof Basel Bad geben. Schließlich sollte die Renovierung 2003-2007 ein moderneres Erscheinungsbild geben, allerdings auch ästhetisch zweifelhafte Änderungen des Umbaus von 1967 beseitigen. Zudem erreichte 2008 der Fahrdraht endlich Lübeck, lange die größte nicht an das elektrifizierte Bahnnetz angeschlossene Stadt Deutschlands.

Lübeck-Travemünde und die Uhrzeit

Neben dem Lübecker Hauptbahnhof entwarf der Bahnhofsarchitekt Fritz Klingholz auch das Empfangsgebäude des Strandbahnhofs von Travemünde. Travemünde, heute auch als ‚Lübecks schönste Tochter' bezeichnet, wurde bereits im Jahre 1187 gegründet und war zur Bauzeit des Bahnhofs noch eine selbstständige Stadt. Der Turm des Travemünder Jugendstilbahnhofs zeigt in bis zum Strand sichtbaren riesigen Ziffern, wann der nächste ‚Zug nach Lübeck' abfährt. Eigentlich müsste es ja ‚Zug nach Lübeck Hbf' heißen. Denn gerade als der Bahnhof 1913 fertig gestellt war, wurde Travemünde nach Lübeck eingemeindet und war somit selbst Teil der benachbarten Stadt geworden.

Hollenbeks besondere Übernachtungsmöglichkeit

Manche träumen von einer Übernachtung in einem Baumhaus, andere würden gerne in einem Bahnwaggon schlafen. Am Gleis des stillgelegten Bahnhofs von Hollenbek (bei Ratzeburg) kann man in einem Baumhaus in Waggondesign beide Träume gleichzeitig verwirklichen.

Heringsdorf und der Tatort

Am 2. Mai 1971 wartete am Bahnsteig des Bahnhofs der ostholsteinischen Gemeinde Heringsdorf der Bundestagsabgeordneter von Stolz vergeblich auf den ‚Nordexpress'.

Statt, wie geplant, eigens für ihn zu halten, braust der Zug einfach durch. Doch geschah dies nicht in Wirklichkeit, sondern im ‚Tatort' (Folge 7) ‚Kressin stoppt den Nordexpress'. In dieser Folge nimmt der Zollfahnder Kressin den Zug von Kopenhagen nach Köln. Zufällig überführen im selben Zug zwei Kriminalbeamte zwei Verbrecher ebenfalls nach Köln. Kumpane versuchen die Kriminellen unterwegs zu befreien, in dem sie Stellwerks- und Zugspersonal nach und nach brutal ausschalten. Auch wenn im Film eisenbahntechnisch nicht alles 100% korrekt ist, zeigt der Film doch einen interessanten Einblick in den Bahnbetriebsalltag der frühen 1970er Jahre.

Großenbrode Kai

Bereits vor dem Zweiten Weltkrieg gab es Pläne einer Eisenbahnverbindung zwischen Hamburg und Kopenhagen (‚Vogelfluglinie'), wobei der Fehmarnbelt per Eisenbahnfähre überquert werden sollte. Nach dem Zweiten Weltkrieg bekam dieses Projekt neue Dringlichkeit, denn Fährverbindungen über Rostock lagen jetzt hinter dem Eisernen Vorgang. Doch es dauerte noch bis Mai 1963 bis die Fehmarnsundbrücke (wegen ihres Aussehens auch *größter Kleiderbügel der Welt* genannt) und die Bahnstrecke zum neuen Fährhafen Puttgarden eingeweiht werden konnten. Zwischenzeitlich musste eine mit weniger Aufwand einrichtbare Verbindung den Verkehr nach Dänemark übernehmen. Auf dem am Meer gelegenen Gelände des früheren Segelfliegerhorstes Großenbrode, welches über Hafenbecken und Schienenanschluss verfügte, wurde der Fähranleger Großenbrode Kai eingerichtet. Von 1951-1963 gab es hier Eisenbahnfährverkehr.

Süderbrarup und der Landarzt

Der Landarzt ist eine ZDF-Serie, die 1986-2012 produziert wurde. Der Landarzt Dr. Jan Bergmann betreute die Einwohner des fiktiven Ortes Deekelsen. In Deekelsen gibt es auch einen Bahnhof. Als solcher musste der Bahnhof von Süderbrarup herhalten, der für die Serienaufnahmen mit dem Stationsschild ‚Deekelsen' versehen wird.

Westerland (Sylt)

Auf Sylt gab es bis 1970 eine 36 km lange, die Insel von Nord- bis Süd durchquerende 1000 mm Schmalspurbahn. Mit der Sylter Inselbahn konnte man von Samoa bis Sansibar fahren, denn so hießen zwei benachbarte Stationen. Heute sind nicht nur diese Stationen, sondern auch alle anderen Bahnhöfe der Inselbahn verschwunden, auf der Trasse der Bahn wurde ein Radweg errichtet. Einzig auf Sylt verbliebener Bahnhof ist die DB-Station Westerland. Dass hier oft ein steifer Nordseewind weht, zeigen die grünen Figuren und Laternenpfähle auf dem Bahnhofsplatz an. Sie sind, der Windrichtung folgend, schräg gestellt.

Witzwort

Etliche Bahnstationen der Strecke Husum Bad St. Peter Ording liegen weit von den Ortskernen entfernt. Beispielsweise in Witzwort, so heißt der Ort tatsächlich. Kein Witz ist der Grund dafür. Auf der Halbinsel Eiderstedt war damals die Welt noch in Ordnung und die Eiderstedter hatten Angst, dass durch die Bahn *‚schlechte Leute ins Dorf kämen'*.

8. Hamburg

Hamburg Hauptbahnhof

Wilhelm II (1859-1941), von 1888-1918 letzter deutscher Kaiser, war sehr architekturinteressiert und mischte sich immer wieder mit eigenen Ideen und Entwürfen in Projektentwicklungen ein. Als für den neuen Hamburger Hauptbahnhof im Jahr 1900 ein Wettbewerb ausgeschrieben wurde, den die Berliner Architekten Heinrich Reinhardt (1868-1947) und Georg Süßenguth (1862-1947) gewannen, bewertete er deren Entwurf als *`einfach scheußlich´*. Dabei zitiert die Bahnhofshalle das *Palais des Machines* der Pariser Weltausstellung des Jahres 1889.
Im Zweiten Weltkrieg bekam der Bahnhof eine Tarnbedeckung aus Holz, wurde aber trotzdem von Bomben getroffen. Ein Abriss wurde diskutierte, doch schließlich wurde das Bahnhofsgebäude im alten Stil wiederhergestellt. 1991 wurde die nördliche Wandelhalle mit vielen Geschäften neu errichtet. Das hat dazu beigetragen, dass der Bahnhof mit 350 000 Besuchern und 200 000 Reisenden zum meistfrequentierten Deutschlands geworden ist. Dazu trägt auch bei, dass er zwei Stadtteile verbindet, weshalb viele einfach nur durch ihn hindurchlaufen. Bei den Baumaßnahmen von 1991 wurde jedoch eine Verbindung gekappt: der Südstegtunnel, der ermöglichte, direkt von der U-Bahnstation jeden Bahnsteig zu erreichen. Viele Alkoholiker und Drogenabhängige hatten sich hier aufgehalten, was ihm zum Spitznamen *Drogentunnel* verhalf.

Hamburg Altona - Kaufhaus am Gleis

1898 wurde der Altonaer Hauptbahnhof eröffnet. Nach dem Groß-Hamburg-Gesetz wurde das preußische Altona 1938 an Hamburg angeschlossen und der Bahnhof in Hamburg-Altona umbenannt. Im Zweiten Weltkrieg wurde der Bahnhof zwar beschädigt, doch in den 1950er Jahren im selben Stil wiederaufgebaut. In den siebziger Jahren wurde eine unterirdische S-Bahnlinie durch die City zum Hamburger Hauptbahnhof gebaut. Das alte Bahnhofsgebäude wurde nach dem Bau des Tunnels mit der paradoxen Begründung, es könne den Erschütterungen durch den Bau nicht standhalten, abgerissen. Die Maschinen des Abbruchunternehmens kamen mit der stabilen Konstruktion jedoch nicht zurecht und die Firma musste Konkurs anmelden. Der schöne historische Bahnhof mit seinen zwei Ecktürmen wurde ab 1979 durch einen Flachbau, an den sich der Betonbau einer Kaufhof-Filiale anschloss, ersetzt. Doch schon 20 Jahre später gab Kaufhof den Standort auf und das Gebäude stand zum großen Teil leer. Schließlich wurde es im Jahre 2005 saniert, um überhaupt noch Mieter zu finden. Auch sonst verliert dieser Kopfbahnhof an Bedeutung, denn durch eine Umgehungsstrecke müssen Regionalzüge nach Kiel und Sylt hier nicht mehr `Kopf machen´.

Hamburg Dammtor und das Rotkäppchen

Die 1906 eröffnete Bahnhof Hamburg Dammtor gehört mit seiner gut erhaltenen Jugendstilarchitektur zu den schönsten Empfangsgebäuden Deutschlands. 1999 bis 2002 wurde er aufwändig saniert. Von der `*Allianz pro Schien*e´ wurde er 2006 zum (Großstadt-)Bahnhof des Jahres gewählt (in den Vorjahren waren Hannover und Mannheim mit diesem Titel ausgezeichnet worden). Nach bahninternen Kriterien ist die Station jedoch kein Bahnhof, denn ein solcher muss mindestens eine Weiche haben. Weichen gibt es in Hamburg Dammtor aber nicht.

Im September 2004 wurde der Bahnhof von der DB für einen Versuch ausgewählt. Dabei ging es um die Frage, ob so genannte `*Rotkäppchen*´ wieder eingeführt werden sollten. Rotkäppchen ist der Spitzname für die rot bemützten Aufsichtsmitarbeiter, die die Züge früher an den Bahnsteigen

abfertigten und das Abfahrtsignal gaben. Seit Mitte der 90er Jahre waren die Zugchefs aus Kostengründen selbst für die Abfertigung verantwortlich. Im Versuch sollte festgestellt werden, ob durch `Rotkäppchen´ Verspätungen vermieden werden können. Der Versuch bestätigte dies, und ab 2005 wurden an 14 großen Bahnhöfen wieder `Rotkäppchen´ eingesetzt.
Die roten Mützen gehen übrigens auf Max Maria von Weber zurück, einem Sohn des Komponisten Carl Maria von Weber. Deshalb werden sie auch `Weber-Mützen´ genannt. Max Maria von Weber (1822-1891) war sächsischer Eisenbahndirektor, österreichischer Hofrat, preußischer Ministerialrat und Eisenbahningenieur. Er machte sich um den Arbeitsschutz bei der Bahn verdient und bereits 1854 erstellte er eine Studie zum Schienensuizid. Auf ihn gehen nicht nur die rote Mütze, sondern auch der Fahrtenschreiber, die Einführung von Geschwindigkeitsmessern und von Führerständen bei Lokomotiven und sogar die Bahnschranke zurück.

S-Bahnstation Hammerbrook

Im Jahr 1983 wurde in Hamburg nach fünfjähriger Bauzeit die S-Bahnstation Hammerbrook eröffnet (Architekt: Horst von Bessewitz). Aufsehen erregte der futuristische Entwurf: die auf einem aufgeständerten Streckenteil liegende Station ist so von roten Wänden, deren Sichtöffnungen Zugfenster imitieren, eingehaust, dass sich das Profil eines Hochgeschwindigkeitszuges ergibt. Dabei halten hier nur langsame S-Bahnen. Immerhin stimmt heute die Farbe: während die Hamburger S-Bahnen im Jahr 1983 noch dunkelblau-beige lackiert waren, sind sie heute ebenso in Rot gehalten, wie die Stationswände von Hammerbrook.
Im Jahr 2019 wurde die Farbe aufgefrischt, eine DB-Webseite zu Kunststationen interpretierte die neue Bahnhofsanmutung dabei jedoch als `rotes Schiff´.

9. Bremen

Bremen Hbf- der getarnte Bahnhof

Obwohl die Hansestadt im Krieg stark zerstört wurde, kam der schöne, 1889 erbaute Hauptbahnhof relativ glimpflich davon. Das soll einer Bremer List zu verdanken sein: der Bahnhof verschwand unter der Attrappe einer Straße, die den Bomberpiloten nicht als lohnendes Ziel erschien.
Die Südwestseite des Bahnhofsplatzes kam allerdings weniger glimpflich davon. Trat man aus dem schönen Bremer Hauptbahnhof hatte man lange mit einer Hochstraße und grauen 1960er Jahre Bürogebäuden eine der hässlichsten Stadtansichten Norddeutschlands vor sich. Mittlerweile sind jedoch ansprechendere moderne Bauten zu sehen.

Bremen Hbf und das Wappen

Die Frontseite des 1885-1889 erbauten Bremer Hauptbahnhofs zieren zwei Ecktürmchen, die die Wappen der vier wichtigsten Städte zeigen, die der Bahnhof auf direktem Wege verbindet. Die Südwestecke zeigt die Wappen von Hannover und Köln, die Nordwestecke vereint die Wappen der Rivalen Bremen (ein Schlüssel) und Hamburg (ein Tor). In Anspielung an die Wappen sagen die Bremer auch ‚*Hamburg ist das Tor zur Welt, aber wir haben den Schlüssel dazu*'. Erwirbt man im Bahnhofkiosk ein Exemplar der Wochenzeitschrift *Die Zeit* stößt man beim Blick auf das Logo wieder auf den Bremer Schlüssel. Denn als nach dem Krieg die Zeitschrift *Die Zeit* gegründet wurde, fragte man bei der Stadt Hamburg an, ob man deren Wappen im Logo verwenden dürfe. Doch Hamburg lehnte die private Nutzung des Hoheitszeichens ab. So fuhren die Zeit-Leute nach Bremen und der dortige Bürgermeister Kaisen hatte nichts gegen die Verwendung des Bremer Schlüssels, der seither die Titelseite der Zeit schmückt.

Bremen St. Magnus

Der kleine Bahnhof von St. Magnus wurde dagegen von den Bremern gleich zweimal abgerissen, obwohl er eine interessante Geschichte hatte. In St. Magnus, der `Bremer Schweiz´ einem Geestrücken im Norden der Stadt, hatte der Bremer Kaufmann Ludwig Knoop (1821-1894), der durch Baumwollspinnereien in Russland zu großem Reichtum gekommen war, ein Landgut zu einem Schloss ausbauen lassen. Im Schlossturm hatte er sogar eine Telegraphen-station, um sein Imperium kontrollieren zu können. Um seine noblen Gäste, darunter Feldherren und Kapitäne, empfangen zu können legte er einen kleinen Hafen am Fluss Lesum an und baute den Bahnhof von St. Magnus aus. Doch nach seinem Tod und der russischen Revolution blieb wenig vom Unternehmen übrig. Das Schloss verfiel und wurde schließlich abgerissen. Auch der Bahnhof verschwand und der heutige nüchterne Bahnhaltepunkt zeugt nicht von der illustren Geschichte des Ortes und seinem berühmten Bewohner.

Bremerhaven - Auswandererbahnhof

Bremen war einst ein bedeutender Auswandererhafen für Deutschland und Osteuropa. Am Bahnhof gab es einst ein eigenes Gepäckdepot für Emigranten. Die Bahnlinie von Mitteldeutschland nach Bremen hieß *Amerikalinie* und in Bremerhaven gibt es einen Columbusbahnhof mit einer `Kaje der Tränen´, wo Auswanderer verabschiedet wurden.

Bremerhaven Hbf und das Klimahaus

Im Jahr 2009 wurde am Bremerhavener Museumshafen das Klimahaus eröffnet. In diesem kann man entlang des 8° Längengrades eine virtuelle Reise durch verschiedene Klimazonen unternehmen. Ausgangspunkt ist ein Ort, der denjenigen bekannt vorkommen sollte, die Bremerhaven mit dem Zug erreichten - es ist der Hauptbahnhof der Stadt.

10. Niedersachsen

10.1 Südliche Landesteile

Unterm Schwanz und überm Geisterbahnhof

Der Hannoveraner König Ernst-August I. (1771-1851) galt als erbitterter Gegner der Eisenbahn. Er befürchtete eine Demokratisierung des Reisens und wollte nicht, *`dass jeder Schuster und Schneider so schnell reisen könne wie er´*. Schließlich musste er die Bahn doch akzeptieren und heute steht vor dem Hannoveraner Hauptbahnhof ein Reiterstandbild des Königs, das allerdings dem Bahnhof den `Hintern´ zeigt. Dieses Standbild ist ein beliebter Treffpunkt, die Hannoveraner treffen sich "unterm Schwanz". Nur wenige wissen, dass sie sich damit auch über einem Geisterbahnhof treffen.
Unter dem Denkmal verläuft nämlich eine Einkaufspassage und darunter die U-Bahnlinie B mit der U-Bahn-Station Hauptbahnhof (die Hannoveraner U-Bahn ist eigentlich eher eine Stadtbahn). Doch es gibt eine noch tiefere Ebene. In den 70er Jahren war eine zusätzliche unterirdische Stadtbahnlinie geplant - die Linie D. Um sie später realisieren zu können, wurden manche Stationen mit einer weiteren, tieferen Bahnhofsebene versehen. Doch die Linie wurde nie gebaut und unter der U-Bahnstation Hauptbahnhof gibt es somit einen noch tieferen Geister-U-Bahnhof.

Das Hannover-System

Da die zentrumsnah gelegene Bahn Hannover in zwei Teile teilte, wurden die Gleise des Bahnhofs schließlich in Hochlage gelegt, ebenerdige Straßenkreuzungen meidend. Mit dieser Innovation erregte die Stadt einst bis in Amerika Aufsehen. Die Planer dort gaben ihr den Namen „Hannover-System" und ahmten sie in New York und anderen Städten nach.

Hannover-Anderten

Anderten-Misburg ist ein Systemhalt der S-Bahn Hannover. Doch im alten, 1907 erbauten Empfangsgebäude werden keine Fahrkarten mehr verkauft. Im ehemaligen Reisezentrum wurde die Musikkneipe *Alter Bahnhof* eingerichtet, deren Bratkartoffelgerichte als Geheimtipp gelten. Der Örtlichkeit angemessen, hat man hier an Eisenbahnmemorabilia nicht gespart. Das zeigt sich auch an Livemusik-Abenden. Als Bühnenscheinwerfer dienen nämlich alte Zugschlussleuchten.

Vienenburg - der erste

Während Hannover ursprünglich bahnfeindlich war, gehörte das Herzogtum Braunschweig zu den Bahnpionieren in Deutschland. Der 1840 errichtete Bahnhof Vienenburg an der Strecke Braunschweig-Bad Harzburg reklamiert, so auf einem Schild am Empfangsgebäude, der älteste Bahnhof Deutschlands zu sein. Andere Aspiranten sind ein 1840 erbautes Gebäude in Wittenberg, heute nicht mehr als Bahnhof genutzt, und ein 1842 errichtetes Gebäude in Niederau/Sachsen. Vienenburg wäre beinahe aus dem Rennen ausgeschieden, denn 1979 hatte die Deutsche Bundesbahn die Abbruchgenehmigung bereits in Händen, nutzte diese jedoch wegen fehlender Mittel nicht. Heute befindet sich im Bahnhof ein Eisenbahnmuseum.

Braunschweig und Seebohms Waggon

Braunschweig hatte einst einen nahe am Stadtzentrum gelegenen Kopfbahnhof (das Gebäude wird heute durch eine Bank genutzt). Doch dies war für den Fernverkehr ungünstig und so wurde in den sechziger Jahren vor der Stadt ein Durchgangsbahnhof angelegt. Vorbild des Empfangsgebäudes war (wie in Bochum) Roma Termini. Doch angesichts der wenig urbanen Leere vor dem Platz (der Le

Corbusiers Städtebauprinzipien folgt) will sich kein Piazza-Feeling einstellen. Eine Stadt-Umlandbahn nach Karlsruher Vorbild zur besseren Anbindung der Innenstadt ist geplant, kommt aber nur langsam voran. Die Schienenstrecken verlaufen übrigens wie in Hannover in Hochlage, auf einem Damm zum Bahnhof. Dieser Damm wurde mit Schutt der im Krieg zerstörten Altstadt aufgeschüttet. Der erste Spatenstich zum neuen Bahnhof erfolgte durch Hans-Christian Seebohm, 1949-1966 Bundesminister für Verkehr und Präsident der Industrie- und Handelskammer Braunschweig. Für den Minister stand übrigens im Braunschweiger Bahnhof ein Eisenbahnwaggon bereit, in welchen er seinen Dienstwagen verladen konnte.

Göttingen - die Marktfrau am Bahnhof

Auf dem Vorplatz des Göttinger Hauptbahnhofs befindet sich ein Bronzedenkmal für eine ungewöhnliche Frau. Charlotte Müller ist dargestellt, die einst als älteste Straßenhändlerin der Welt galt. Müller, geborene Kreuzberg, erblickte im Jahre 1840 das Licht der Welt und wurde bereits mit 15 als Haustochter in den Haushalt einer Göttinger Professorenfamilie geschickt. Die Universität Göttingen war im 19. Jahrhundert eine der führenden Hochschulen Europas, vor allem im Bereich der Naturwissenschaften. Charlotte heiratete im Jahre 1862, hieß nun mit Nachnamen Böhnig und bekam 4 Kinder. Doch 1893 starb ihr Mann an einer Grippe. Charlotte heiratete ein zweites Mal, bekam noch ein Kind, doch ihr zweiter Mann Wilhelm Müller starb nach wenigen Jahren an den Folgen eines Betriebsunfalls. Beim Abholen der Unfallrente bei der Eisenbahndirektion Göttingen begegnete ihr eine Reisende, die sich nach dem nächsten Geschäft erkundigte. Dies brachte Charlotte Müller auf die Idee, den Reisenden vor dem Bahnhof frisches Obst und Süßigkeiten anzubieten, denn im Bahnhof selbst war kein Platz für einen Verkaufsstand. Vom Ende des 19. Jahrhunderts an saß Müller jeden Tag und bei jedem Wetter fast vier Jahrzehnte an ihrem Verkaufsstand und war so aus der Stadt nicht mehr wegzudenken. Ehemalige Studenten, die nach Jahren nach Göttingen kamen, waren erstaunt, der immer noch aktiven „alten Müllern“ zu begegnen, die ihr Geschäft bis zum Tod im Alter von 94 Jahren betrieb. Mit 92 saß Müller der amerikanischen Bildhauerin Hobson-Kraus, die damals in Göttingen lebte, für ein Denkmal Modell. Nach einem Umbau des Bahnhofsplatzes steht das Denkmal seit 1997 wieder an seinem angestammten Platz.

Göttingen und das Denkmal

Im November 2015 wurde am Göttinger Bahnhof ein weiteres, jedoch umstritteneres Denkmal aufgestellt, diesmal für die *Göttinger Sieben* (7 Göttinger Professoren, die im Jahr 1837 gegen die Aufhebung der Verfassung durch König Ernst August protestierten und deshalb entlassen wurden). Der Sockel erinnert an das Ernst August Denkmal vor dem Bahnhof Hannovers, nur findet sich oben keine Reiterstatue, sondern nur eine Bronzeplatte mit dem Fußabdruck eines Pferdes. Statt sieben meißelte die Berliner Bildhauerin Christiane Möbus jedoch acht Namen in den Granit des Sockels ein, darunter ihren eigenen. Dies fanden manche anmaßend, aus den Göttinger Sieben acht zu machen, hat das Denkmal noch umstrittener gemacht.

Göttingen und der ungeschickte Physiker

Der österreichische Physiker Wolfgang Pauli (1900-1958) galt als bedeutend, aber ungeschickt. Zu seiner Zeit als Assistent Max Borns in Göttingen (1921/22) gingen von ihm geleitete Experimente oft schief. 1923 lief am Physikinstitut der Uni wieder etwas nicht richtig. Diesmal konnte es nicht an Pauli liegen, denn er arbeitete mittlerweile in Kopenhagen. Doch stellte man fest, dass, gerade als das Experiment scheiterte, ein Zug mit dem nach Kopenhagen reisenden Pauli an Bord im Göttinger Bahnhof hielt.

Golfsburg

Zur Einführung des neuen Golfs benannte sich die Stadt Wolfsburg von August bis Oktober 2003 in *Golfsburg* um. Sämtliche Ortsschilder (das W wurde durch ein G überklebt) und die Briefköpfe der Stadtverwaltung wurden für diesen Zeitraum geändert. Auch auf dem Bahnhofsschild wurde das W durch ein G ersetzt. Es gab sogar Vorschläge, den hinter dem Bahnhof fließenden Mittellandkanal in *Golfstrom* umzubenennen.

Wolfsburg- der vergessene Halt

Immer wiederberichten die Medien, dass ein ICE-Lokführer vergessen hätte, in Wolfsburg zu halten. Im Jahr 2011 war es besonders schlimm. Dreimal in kurzer Zeit ließ ein Zug die Stadt links liegen. 2016 passierte es nochmal und 2017 schon wieder dreimal. Die Bahn weiß auch nicht, warum dies so ist, und hat einen entsprechenden Arbeitskreis eingerichtet. Es gab schon den Witz, dass die Züge, wenn schon, dann in Bielefeld nicht halten müssten, denn diese Stadt gäbe es ja nicht. Oder dass dies die Rache dafür wäre, dass ICEs nicht mehr in der Landeshauptstadt Magdeburg hielten. Vielleicht wollten die Lokführer den Fernpendlern Wolfsburg-Berlin nur eins auswischen.

Seit 2018 hat sich die Situation jedoch verbessert, Schulungen scheinen gewirkt zu haben, ein weiteres Durchfahren wurde seither nicht gemeldet. Anfang 2019 mussten sich Bahnfahrer von Berlin nach Westen jedoch an eine neue Situation gewöhnen: Züge hielten wegen Bauarbeiten zeitweise nicht in Hannover.

Bad Harzburg und der Geisterzug

Am Montag, dem 22. April 1991 rollte um 12:01 der passagierlose Zug ‚3125' im Bahnhof Bad Harzburg ein. Als der letzte Waggon - ein Gepäckwagen - nach Plan umgesetzt wurde, setzten sich die anderen 5 Waggons selbst-ständig in Bewegung und folgten den Schienen Richtung Oker. Beim Umsetzen war wohl vergessen worden, die Waggons festzubremsen. Der Fahrdienstleiter im Stellwerk wollte erst dem Zug hinterher, sah aber die Aussichtslosigkeit ein und ließ deshalb sämtliche Schranken entlang der Strecke herunter und informierte die Kollegen im Bahnhof Oker. Diese brachten Hemmschuhe am Gleis an, die den Zug dort schließlich zum Stehen brachten. Überraschend stieg ein (unfreiwilliger) Passagier aus - eine Reinigungskraft, welche die Fahrt wohlbehalten überstanden hatte.

Die kleine Nienburgerin

1975 wurde die Stadt Nienburg 750 Jahre alt und auf der Suche nach einer Symbolfigur stieß man auf `die kleine Nienburgerin´. Ein Wettbewerb für die beste Darstellung wurde ausgeschrieben und eine Bronzefigur einer Bildhauerin gewann. Doch kaum hatten die Juroren entschieden, verschwand das Modell bereits – und tauchte in einem Schließfach des Nienburger Bahnhofs wieder auf.

Walsrode und der Tukan

Das Stationsschild weist Walsrode als *Hermann Löns-Stadt* aus. Von 1898-1914 hielt sich der Heidedichter und Jäger Löns oft im Westenholzer Bruch auf, welcher heute zu Walsrode gehört, und wo er in einer Jagdhütte übernachtete. In Hannover galt Löns wegen seiner weißen Anzüge als Dandy. Ein komischer Vogel steht auch vor dem Bahnhof von Walsrode. Die Plastik eines bunten Tukans weist auf den weltweit größten Vogelpark hin.

Kreiensen und das Drucktasten-Spurplan-Stellwerk

Der Bahnhof von Kreiensen hat mit seinem imposanten, Inselbahnhofs-Empfangsgebäude, seinen vielen Gleisen und seinem lebhaften Bahnbetrieb (Güter- und Personenverkehrszüge) Eisenbahnfans viel zu bieten. Schon vor der Fertigstellung des heutigen Empfangsgebäudes im Jahr 1890 gaben sich hier wichtige Persönlichkeiten ein Stelldichein. 1884 speiste Königin Auguste Viktoria Luise im alten Bahnhofsgebäude. 1889 traf sich Fürst Bismarck mit dem russischen Zaren Alexander III im Fürstenzimmer des Bahnhofs. Am 26. Juni 1931 waren keine bedeutenden Persönlichkeiten im Bahnhof, aber es hielt ein prominenter Zug: der \`Schienenzeppelin´.

Am 19. November 1956 gab es schließlich eine technische Neuheit: das erste Drucktasten-Spurplan-Stellwerk der Welt wurde im Bahnhof Kreiensen eingeweiht.

Bahnhof Kreiensen mit Baustelle

Hemmoor

Die an der Unterelbebahn Cuxhaven-Hamburg-Harburg gelegene Bahnstation Hemmoor hieß bis 1992 Basbeck-Osten. Die Webseite www.niederelbebahn.de gibt eine Anekdote aus der Frühzeit des Bahnhofs wieder. Im September 1890 wurde die Insel Helgoland im Tausch gegen Sansibar von den Briten an die Deutschen übergeben. Eine Festgesellschaft war dabei, mit dem Sonderzug von Cuxhaven nach Berlin heimzufahren. Doch die Drehbrücke über den Fluss Oste bei Hechthausen war defekt und die Reparatur sollte mehrere Stunden dauern. Der Zug musste eine Nacht auf dem Bahnhof Basbeck-Osten verbringen. Aus dem Dorfe wurden Speisen und Getränke gebracht, um die hohen Herrschaften angemessen bewirten zu können. Die besten Skatspieler des Ortes wurden aktiviert, um mit den gestrandeten Passagieren einen Dauerskat anzusetzen. Erst am frühen Morgen konnte die Fahrt fortgesetzt werden und trotz der freundlichen Bewirtung sprach die hochnäsige Berliner Presse vom lästigen Aufenthalt im ‚Heidedorf' Basbeck.

Der Bahnhof der Tränen

Die Stadt Cuxhaven, sie feierte 2007 ihren hundertsten Geburtstag, gehörte bis 1937 zu Hamburg. Ihr Amerika-Hafen war sogar bis 1993 Eigentum Hamburgs. Von dort liefen einst die großen Passagierschiffe nach Amerika aus, und es gab am Pier einen eigenen *Amerika-Bahnhof*. Dieser wurde auch von Auswanderern genutzt und deshalb auch *`Bahnhof der Tränen´* genannt.

Buxtehude - Parken am bzw. im Gleis

Parken direkt am Bahnsteig - so stellen sich viele Autofahrer die optimale Straßenanbindung eines Bahnhofs vor.
In Buxtehude sieht man diese Lösung mittlerweile jedoch mit gemischten Gefühlen. Denn am 5. September 2008 hatte ein 68 Jahre alter Mann beim Einparken einen plötzlichen Krampfanfall, verlor die Kontrolle über sein Fahrzeug, rollte über den Bordstein auf den Bahnsteig und prallte mit der Fahrzeugfront auf das Gleisbett. Da sich zu der Zeit keine Fahrgäste auf dem Bahnsteig befanden und kein Zug einrollte, ging die Sache glimpflich aus. Zwei Wochen später verwechselte eine Autofahrerin beim Einparken Gas- und Bremspedal. Ihr Wagen rollte über den Bahnsteig und kam ebenfalls wieder erst mit der Frontpartie im Gleisbett zum Stehen.
Nun wurde der Ruf nach Pollern zwischen Parkplatz und Bahnsteig lauter.

Holm-Seppensen

Am 1. Oktober 1901 wurde der Abschnitt Buchholz-Soltau der niedersächsischen Heidebahn eröffnet. Südlich von Buchholz sollten die Dörfer Holm und Seppensen an die Bahnlinie angeschlossen werden. Doch die beiden Orte konnten sich nicht auf einen Bahnhofsstandort einigen. So entstand der Bahnhof mitten zwischen beiden Dörfern, in der Heide, fern von jeder Bebauung. Die Bewohner der weit verstreuten Gehöfte mussten große Entfernungen zu Fuß, per Fahrrad oder Pferdegespann zurücklegen, um zum Bahnhof zu gelangen oder von diesem nach Hause. Doch der Bahnhof selbst war schon ein lohnendes Ziel, wie eine Anekdote aus Dierk Lawrenz‘ Buch ‚Die Heidebahn‘ zeigt. Der Bahnhofsvorsteher konnte wegen des geringen Verkehrs nämlich einer Nebentätigkeit als Hobby-Wirt nachgehen. ‚Vadder Wendt‘ verkaufte neben Fahrkarten Schnaps und Bier, darunter den bei Heidjern beliebten ‚Grog-Spezial‘.

Mancher, der hier mit dem Zug ankam, konnte nur noch nach Hause wanken. Einmal kam ‚Kaß Opa', ein Bauer aus Seppensen, mit dem Zug aus Soltau schon nicht mehr ganz nüchtern an. Vor dem beschwerlichen Heimweg wollte er sich mit einem ‚Grog Special' stärken. Leider verwechselte er in der Eile die Gläser und nahm versehentlich einen kräftigen Schluck aus einem Grogglas, in welchem Vadder Wendt Eisenbahnkleister verwahrte. Seine Worte ‚*Nee, Vadder Wendt, dien Grog mach ick nich mehr*' zeigten, dass er von nun an kuriert war.

Die Bahnhofswirtschaft gibt ist es schon lange nicht mehr. Aber heute ist der Bahnhof auf gewisse Weise wieder Mittelpunkt des Doppel-Ortes (der heute zu Buchholz gehört). Nachdem das Empfangsgebäude lange leer stand, wurde es von einem Verein renoviert und zu einem Kulturbahnhof mit einer ‚Heidebücherei' umfunktioniert.

Uelzen - der Hundertwasserbahnhof

Im Jahre 2000 starb der österreichische Maler Friedensreich Hundertwasser. Fast mehr noch als Maler, wurde er für seine Bauten bekannt. Auch nach seinem Tod wurden noch viele von ihm entworfene Gebäude verwirklicht. Zur Expo 2000 wollte das niedersächsische Uelzen mit einem besonderen Bauprojekt glänzen. So wurde beschlossen, den nüchternen Backsteinbahnhof der Stadt im Sinne Hundertwassers umzuformen und zugleich zu einem Umweltbahnhof zu machen. Sogar die Toiletten sind im \`Hundertwasserstil´ gestaltet.

Bergen an der Dumme

Unweit Uelzens, in Bergen an der Dumme (Niedersachsen) wurde einst ein Dorf durch den Eisernen Vorhang von seinem (an der *Amerikalinie* gelegenen) Bahnhof im heutigen Sachsen-Anhalt getrennt.

Ganderkesees geheimnisvoller Bahnhofsziegel

Der Bahnhof von Ganderkesee wurde am Ende des Zweiten Weltkriegs durch britische Panzer zerstört. 1949 wurde ein Neubau vollendet. Ein Unbekannter hatte damals einen Ziegelstein des neuen Bahnhofs mit folgendem, noch heute lesbaren Spruch versehen ‚*Und wen alles vergeit, de Bohnhof steit*'. Als der Bahnhof vor ein paar Jahren zum Restaurant ‚Gleis Eins' umgebaut wurde, ragte der Ziegel gerade noch unter einer neu eingezogenen Holzfläche hervor. Der Heimatverein Ganderkesee, der den Ziegel als wichtiges Zeitzeugnis sieht, sah die Intaktheit und Sichtbarkeit des Ziegels gefährdet und versuchte - bisher erfolglos - den Autor der Ziegelinschrift zu ermitteln.

Eschede und die Vorahnung

An der Strecke Celle-Hamburg gelegen kam das niedersächsische Eschede schon 1847 zu einem Bahnanschluss. Doch zu einem repräsentativen Empfangsgebäude kam der kleine Ort nie. Das bescheidene historische Empfangsgebäude wurde 1977 abgerissen und durch einen zweckmäßigen DB-Typenbau ersetzt. Doch die Gemeinde sah diesen Bau nicht als geeignetes Entree für Touristen und ließ das Bahnhofsgebäude mit der Absicht kaufen, es nach eigenen Vorstellungen zu entwickeln. Als man 1997 das 150-jährige Bestehen der Station feierte, warb man für das Projekt, mit dem Slogan ‚*Es bahnt sich was an in Eschede*', welcher in großen Lettern am Bahnhofsgebäude angebracht war. Aus heutiger Sicht scheint das wie eine böse Vorahnung, denn nur ein Jahr später entgleiste durch einen gebrochenen Radreifen der ICE Wilhelm Röntgen im Bahnhof, die wohl größte deutsche Eisenbahnkatastrophe seit dem Zweiten Weltkrieg. Eine Gedenkstätte am Bahnhof erinnert heute an die 101 Toten des Unglücks.

❖ Eschede und Arno Schmidt

Am Bahnhof von Eschede stellen am Bahnsteig Richtung Hannover zwei Metalltafeln die Zahl 37 dar. Auf diesen ist folgendes Zitat des Schriftstellers Arno Schmidt (1914-1979) zu lesen: `*Was heißt hier New York? Großstadt ist Großstadt, ich war schon öfters in Hannover*'. Man denkt dabei an Schmidts letzte Wohnadresse Bargfeld 37 im unweit von Eschede gelegenen Eldingen. Doch 37 scheint eher für die Abfahrtsminute der Züge nach Hannover zu stehen. Auf dem Bahnsteig für die anderen Richtung findet sich entsprechend die 18.

Die Zahl 37 am Bahnhof von Eschede

Oldenburgs Klinkerburg

Oldenburgs Bahnhof hat einen langen Namen. Denn man muss Oldenburg (Oldenburg) sagen, damit die Station nicht mit Oldenburg (Holstein) verwechselt wird. Einmal soll ein Schriftsteller denn auch im falschen Oldenburg angekommen sein und sich gewundert haben, dass von der einladenden Literaturgesellschaft weit und breit nichts zu sehen war. Andererseits fragen sich manche, ob der Zusatz Hauptbahnhof nötig ist, da es heute keine andere Bahnstation mehr in Oldenburg gibt. In Kursbüchern heißt es denn auch nur *Oldenburg*. Allerdings wurde 2015 die neue Bahnstation Oldenburg-Wechloy eröffnet und damit war der Zusatz Hauptbahnhof wieder berechtigt.

Im Volksmund hatte der 1915 erbaute Jugendstil-Bahnhof früher einen weiteren Namen, er wurde wegen seines Baumaterials und seiner turmbewehrten Anmutung ‚Klinkerburg' genannt. Klinkerburg heißt heute auch das Jugendstilrestaurant im Bahnhof, eines der schönsten Bahnhofsrestaurants Deutschlands. Dort kann man auch die örtliche Spezialität *Grünkohl mit Pinkel* bestellen.

Oldenburg Hbf

Osnabrück Hbf und der Altstadtbahnhof

Als der Osnabrücker Hauptbahnhof, ein Turmbahnhof mit sich kreuzenden Schienenstrecken, 1895 als Centralbahnhof fern der Innenstadt eröffnet wurde, fürchteten Geschäftsleute in der Hasenstraße am Rande der Altstadt Umsatzeinbrüche und betrieben die Einrichtung einer ‚Haltestelle am Hasenthor', welche 1896 verwirklicht wurde. Mehr als 600 Bürger der Stadt hatten jedoch mehr als die benötigten 40 000 Mark gespendet, so dass mit einem Teil der Summe sogar der Bau der Städtischen Bühnen am Domhof unterstützt werden konnte. 1968 wurde das Fachwerk-Empfangsgebäude abgerissen und durch einen funktionalen Beton-Neubau ersetzt.

Weil das Empfangsgebäude nahe am Bischofssitz lag, hatte der Bahnhof bald den Spitznamen ‚katholischer Bahnhof'. Besucher des nahen Theaters, die hier teilweise mit Sonderzügen ankamen, nannten ihn auch ‚Theaterbahnhof'. Im Dezember 2009 gab es dann einen offiziellen Namenswechsel: um seine Lage nahe der Altstadt deutlicher zu machen, wurde der Haltepunkt Hasetor zum Fahrplanwechsel in *Osnabrück Altstadt* umbenannt.

☞: Vom Osnabrücker Hauptbahnhof hat man sogar Anschluss in die Wüste. So heißt nämlich ein beliebter, citynaher Stadtteil Osnabrücks.

Emden und der Marschboden

Ein in den 70er Jahren errichteter Betonwürfel mit Fensterbändern gibt den Hauptbahnhof von Emden. Auch fehlen Bahnsteigunterführungen. Der Grund: Der Marschboden macht Tiefbaumaßnahmen teuer. Die Bahnsteige werden deshalb durch Überführungen erreicht.

Der Schriftsteller Max Goldt schrieb über den Bahnhof:

‚Der Hauptbahnhof von Emden muss sich nicht hinter dem Hauptbahnhof von Berlin verstecken.
Schön wäre es, wenn er es trotzdem täte.'

Das Weserschlösschen

Da Blexen an der Wesermündung gegenüber dem einstigen Auswandererhafen Bremerhaven liegt, wurde der heutige Stadtteil Nordenhams einst scherzhaft ‚das letzte Dorf vor Amerika' genannt. Der Bahnhof von Blexen erinnert sogar ein bisschen an Amerika, und zwar wegen seines eklektizistischen Baustils mit Türmchen und Zinnen an Disneyland. Von der Bevölkerung wurde er wegen seiner Anmutung ‚*Weserschlösschen*' genannt. Heute beherbergt das Gebäude das Restaurant Weserschlösschen und vor dem ehemaligen Bahnhof legen Fähren nach Bremerhaven ab.

Bad Bentheim

Im Jahr 2016 hatte der Bahnhof von Bad Bentheim das berühmteste Bahnhofsfenster ganz Deutschlands. Nachdem die Bahnsteige um 40 cm erhöht wurden, damit Rollstuhlfahrer leichter in die Züge kommen, ließen sich die Bahnhofstüren zu den Gleisen nicht mehr öffnen. Obwohl man auch um das Empfangsgebäude herumgehen konnte, kletterten manche Fahrgäste einfach aus dem Fenster auf den Bahnsteig. Diese Szenen konnten von den Fernzügen Berlin-Amsterdam beobachtet werden. Die Medien stürzten sich auf diesen angeblichen Schildbürgerstreich und bald wurde die Stadt *Bad Doofheim* genannt. Schon wenige Jahre später gab es jedoch positivere Nachrichten. Aus dem Pannenbahnhof und *hässlichen Entlein* war nach einer abgeschlossenen Sanierung *Bad Schönheim* geworden. Das ominöse Kletterfenster ist mittlerweile im Eingangsbereich ausgestellt, beschriftet mit Zitaten aus der Presse. Im Juli 2019 wurde außerdem die lange für den Personenverkehr stillgelegte Eisenbahn Bad Bentheim-Nordhorn-Neuenhaus wieder in Betrieb genommen. Im Herbst desselben Jahres wurde Bad Bentheim von der Allianz pro Schiene zudem noch zum Bahnhof des Jahres ausgezeichnet.

Leer und die Löffel

In der Sat 1 Ratesendung ‚*Genial daneben*' mussten die Teilnehmer einmal raten, warum die Teelöffel im Bahnhofscafé von Leer Löcher haben. Des Rätsels Lösung:
auch in der beschaulichen ostfriesischen Stadt Leer gibt es ein Drogenproblem, vielleicht trägt die nahe niederländische Grenze dazu bei. Einer der Brennpunkte ist der Bahnhof der Stadt. Hier bedienten sich Junkies der Löffel des Bahnhofscafés, um über einer Kerze Heroin mit Wasser für einen ‚Schuss' aufzukochen. Im Bahnhofscafé des Leeraner Bahnhofs werden deshalb fürs Aufkochen untaugliche Teelöffel mit Löchern in der Mitte ausgegeben. In den letzten Jahren hat sich das Drogenproblem am Bahnhof verringert. Tritt man jedoch aus dem in klassischer Architektursprache gehaltenen, 1856 erbauten Bahnhofsgebäude, wird man mit einer auf einem Verkehrskreisel installierten nautischen Skulptur konfrontiert, die einen an eine riesige Spritze erinnert.

Bahnhof Leer

12. Nordrhein-Westfalen

12.1 NRW-Rheinland

Aachen - der erste ‚Bahnhof‘

Da der Fortschritt in Europa lange von Westen kam, gab es viele Dinge in Deutschland zuerst in Aachen. In Aachen stieg der erste Heißluftballon Deutschlands auf (1786), Aachen war die erste deutsche Industriestadt und Aachen hatte das erste Eisenbahnviadukt in Deutschland. Nach dem Buch ‚*Einzig Aachen*‘ von Richard Wollgarten (Aachen 2009) kam auch das Wort *Bahnhof* aus Aachen. Diese Begriffsprägung für Bahnstation folgte beim 1838 begonnenen Bau der Rheinischen Eisenbahn. Als die Baumaterialien in Aachen gelagert wurden, sagte man dort nicht, wie sonst üblich Bauhof, sondern Bahnhof.
Heute müsste auf dem Stationsschild des 2006 renovierten Bahnhofs eigentlich *Bad Aachen* stehen, denn die Stadt ist Bäder- und Kurstadt. Doch Aachen verzichtet ungern darauf, ganz am Anfang des Alphabets zu stehen und nutzt den Bad-Zusatz daher nur selten.
☞: 1843 wurde übrigens mit der Linie Aachen-Antwerpen die erste internationale Bahnstrecke der Welt eröffnet.

❖Herzogenrath und Moses

In der Nähe von Herzogenrath entdeckte man im Jahre 1852 einen Sandstein, der besonders fest und haltbar war. Um diesen bekannt zu machen, beauftragte ein örtlicher Ingenieur den Bildhauer Wings aus Baesweiler, aus dem Stein eine große Mosesfigur zu schaffen. Man war so stolz auf diese 3.5 m hohe, 7.5 Tonnen schwere Figur, dass man sie 1856 zur Weltausstellung nach Paris schickte. Einen Käufer fand sie dort jedoch nicht. So wurde sie per Bahn

zurück nach Herzogenrath geschickt, wo sie lange im Bahnhofsbereich herumlag. Schließlich fand man eine Verwendung: sie wurde am Bahnhofsplatz aufgestellt. Das Podest aus Holzschwellen faulte jedoch im Laufe der Zeit und schließlich fiel Moses auf die Nase. Zur Wiederaufrichtung, eine neue Nase hatte Moses auch bekommen, feierten die Herzogenrather ein Moses-Auferstehungsfest. Später wurde der Bahnhof erweitert und Moses musste Platz machen und es wurde Moses Versetzung gefeiert. Dort, an einem Platz unweit des Bahnhofs, stand er nun etliche Jahrzehnte, bis die Zeiten schlechter wurden. Den Nazis scheint dieser Israelit ein Dorn im Auge gewesen zu sein. In einer Nacht im Februar 1934 wurde Moses vom Sockel gerissen und verschwand auf Nimmerwiedersehen.
Erst im Jahre 1962 wurde, von einem örtlichen Nadelfabrikanten spendiert, ein neuer Moses aus Bronze aufgestellt. Als das neue Denkmal am 8. September 1962 enthüllt wurde, hielt sich der Jubel jedoch in Grenzen, denn der neue Moses war viel kleiner als das Vorgängermodell. 1997 ging bei einer Umsetzung der Figur der Sockel zu Bruch. Im Jahre 2002 wurde schließlich das Kunstwerk mit einem neuen Basaltsockel wieder eingeweiht. Doch das war noch nicht das Ende der Geschichte. In der Nacht vom 22. auf den 23. April 2014 wurde die Bronzefigur erneut gestohlen. Als ich Herzogenrath im Oktober 2020 besuchte, ist weiterhin nur der leere Basaltsockel zu sehen.

Herzogenrath und Eurode

Am Bahnhof von Herzogenrath sind die Lettern *Eurode* zu lesen. Das ist der Name für die symbolische Europastadt Herzogenrath (DE) und Kerkrade (NL). Rode steht auch für die Burg Rode, aus der sich der Name Herzogenrath ableitet, Eur bzw Eu hingegen für Europa.

Viele Niederländer nutzen den Bahnhof Herzogenrath, um nach Aachen zu fahren. Entsprechend gibt es niederländische Fahrkartenautomaten und Entwerter auf dem Bahnhof.

Köln Hbf - die Bahnhofskapelle

1859 wurde in Köln der am Dom gelegene Zentralbahnhof eröffnet. Gleichzeitig wurde eine Eisenbahnbrücke über den Rhein in Betrieb genommen. Der Preußenkönig Friedrich Wilhelm IV. ließ die Brückenachse genau in die Verlängerung der Längsachse des Doms hineinbauen. Der Dom ist in West-Ost-Richtung (nach Jerusalem) ausgerichtet, wie bei vielen Kathedralen stehen die Türme im Westen. Noch heute scheinen die von der Deutzer Seite über die Hohenzollernbrücke zum Hauptbahnhof fahrenden Züge auf den Dom zuzufahren. Als die Dombrücke gebaut wurde, war der Anblick allerdings noch ein anderer. Der Bau des Kölner Doms, im Jahre 1248 begonnen, war im Jahre 1560 eingestellt worden, ohne die Türme zu vollenden. So hatte der Dom stumpfe Türme, wie die Notre-Dame Kirche in Paris. Als im 19. Jahrhundert, das Rheinland war zu Preußen gekommen, die gotische Architektur neue Wertschätzung erlebte, setzte sich Friedrich Wilhelm IV. dafür ein, den Bau wiederaufzunehmen. Im Jahre 1880 waren die Turmspitzen in heutiger Form vollendet. In Schatten des Gebäudes der Hauptbahnhof, der sich so bescheiden vor dem Dom duckt, dass er auch als „Bahnhofskapelle“ bezeichnet wird.

☞ Die 11 gilt den Solothurnern als ‚heilige Zahl‘. Manche fragen sich, ob die 11 nicht auch Kölns (heimliche) heilige Zahl ist. Kölns ‚fünfte Jahreszeit‘, der Karneval beginnt am 11.11, die Stadt leidet mit der Elf des FC Köln, die Kölnisch Wasser-Zahl enthält die Elf und schließlich hat auch der Hauptbahnhof elf Gleise.

Köln-Deutz und der millionste Gastarbeiter

Am 10. September 1964 morgens traten sich die Journalisten im Bahnhof Köln-Deutz auf die Füße. Denn um 10:10 kam ein Zug mit spanischen und portugiesischen Gastarbeitern an. Darunter sollte der Portugiese Armando Rodrigues sein, den die Bundesvereinigung Deutscher Arbeitgeber BDA auf Vorauslisten als millionsten Gastarbeiter in Deutschland identifiziert hatte. Da 24 Portugiesen an der Grenze zurückgeschickt worden waren, hoffte man, dass Rodrigues nicht unter den Zurückgewiesenen war. Ein erster Zug lief ein, doch Rodrigues war nicht unter den Fahrgästen. Ein zweiter Zug kam an und ein Dolmetscher lief den Bahnsteig entlang und rief „Armando Rodrigues“, „Armando Rodrigues“. Als er fast alle Aussteigenden abgelaufen war, meldete sich am Ende des Bahnsteigs zögerlich doch noch ein Herr Rodrigues, der nicht wusste, wie ihm geschah. Wenig später stand der nach 48 Stunden im Zug etwas erschöpfte Portugiese im Scheinwerferlicht. Hinter ihm Lorbeerbäume, seine Hand auf einem Moped, welches er als millionster Gastarbeiter als Geschenk erhielt (heute steht das Moped im Bonner Haus der Geschichte).

Köln-Messe/Deutz

Ab 2009 wurde der Bahnhof Köln-Messe/Deutz während mehrerer Jahre saniert. Obwohl sich im ästhetisch ansprechenden Rund der Eingangshalle bald Erfolge zeigten, überzeugte der Zustand des Kreuzungsbahnhofs mit seiner komplexen Wegeführung anfangs noch nicht. Im Dezember 2009 verlieh der Kölner Verkehrsverein dem Bahnhof die ‚Saure Zitrone‘ für den hässlichsten Ort Kölns.
In den Folgejahren wurde der Bahnhof allerdings teilweise aufgefrischt.
☞ An der Treppe zum Haupteingang des Bahnhofs findet sich ein Denkmal für Nicolaus Otto, Erfinder des nach ihm benannten Motors und Eugen Langen, Gründer der Gas-

motorenfabrik Deutz, der heutigen Deutz AG und Vater der Wuppertaler (und Dresdner) Schwebebahn.

Köln Holweide und der Gedächtnisbahnhof

Die Entstehung des heutigen S-Bahnhaltepunkts Köln-Holweide ist eng mit dem Fußball verknüpft. In der Nähe hatte der ehemalige SC Preußen Dellbrück (später sollte daraus der rechtsrheinische Verein Viktoria Köln werden) eine Spielstätte. Da viele Fans aus Holweide kamen und dort in Fußball-Sonderzüge einsteigen wollten, beantragte man einen Haltepunkt. Die Bundesbahn wollte diesem Anliegen nur entgegenkommen, falls eine Rampe zum Ein- und Aussteigen gebaut würde. Das war für den Vorsitzenden des Vereins Willy Röhrig kein Problem, denn er war Bauunternehmer. Unbürokratisch ließ er in kurzer Zeit einen Haltepunkt errichten. Die Bundesbahn erkannte diesen an und bald hielten auch außerhalb von Fußballspielen Züge. Der Volksmund nannte die Station bald *`Willy-Röhrig Gedächtnisbahnhof´*. Ab 1975 hielten hier S-Bahnen der Linie Chorweiler-Bergisch-Gladbach.

Köln Eifeltor und der Umzug

Am 5. Juli 1999 fuhr der erste Containerzug mit Umzugsgut der Bundesregierung von Köln-Eifeltor ab und kam am nächsten Tag auf dem Umschlagsbahnhof Berlin Hamburger und Lehrter Bahnhof an. Insgesamt wurden 1216 Container mit 19 Zügen nach Berlin gebracht. Das Umzugsgut enthielt 37 000 Meter Akten, aber auch 837 Kühlschränke und 7 500 Flaschen Wein.

Bonn Hbf

Das Empfangsgebäude des Bonner Hauptbahnhofs wurde 1884 in repräsentativem Neorenaissancestil errichtet, schließlich studierten in der Stadt Hohenzollernprinzen. Die

Fassade ähnelt dem ehemaligen Lehrter Bahnhof in Berlin und überstand den 2. Weltkrieg ohne Schäden. 1949 erlebte der Bahnhof einen großen Bedeutungszuwachs, denn Bonn wurde zum Regierungssitz. Politiker und Bundesbeamte reisten mit der Bahn an. Doch der Bahnhof ist nicht besonders groß, er hat nur 5 Gleise. Deshalb gab es den Spruch: *`Reisender, kommst du nach Bonn, suche nicht den Hauptbahnhof - er ist es´*. Allerdings fuhren viele Züge auf dieser wichtigen Nord-Süd-Achse. Für Bonn galt der Spruch: *`Entweder regnet es oder die Bahnschranken sind unten´*. Im Bahnhof gibt es eine unterirdische Stadtbahnhaltestelle, die in Notfällen als Schutzbunker dienen sollte. Durch den Umzug der Regierung und die Neubaustrecke Köln-Frankfurt, die an Bonn vorbeiführt, verlor der Bahnhof etwas an Bedeutung, aber auch an Rauchern. Im Jahre 2002 wurde die Station zum ersten Nichtraucherbahnhof der DB.

Bonn und das ‚Bahnhöfchen'

Die ab 1860 (zunächst als Pferdebahn) eröffnete Bröltalbahn war die erste öffentliche Schmalspurbahn Deutschlands (Spurweite 785 mm). Sie diente hauptsächlich dem Güterverkehr. Wichtiges Transportgut war Basalt, welcher in Beuel auf Schiffe umgeladen wurde. Im heutigen Bonner Stadtteil Beuel findet sich auch das einzige erhaltene Bahnhofsgebäude der 1956 im Personenverkehr und 1967 im Güterverkehr eingestellten Bröltalbahn. Das mittlerweile restaurierte Empfangsgebäude dient heute als Gaststätte. Wo einst Gleise lagen, findet sich am Rheinufer einer der beliebtesten Bonner Biergärten.

Bonns ‚Bahnhöfchen‘

Brühl Kierberg - der schönste Bahnhof Preußens

Brühl rühmt sich, einen Bahnhof zu besitzen, der einst als der schönste Preußens galt. Damit ist jedoch nicht der Bahnhof an der linken Rheinstrecke gemeint, der im Jahr 2000 durch eine Zugentgleisung mit 9 Toten und zerstörten Häusern in die Schlagzeilen geriet, sondern der an der Eifelbahn gelegene Kaiserbahnhof Brühl-Kierberg. Die vornehme Gestaltung verdankt die 1875 erbaute Station Kaiser Wilhelm I., der von hier aus Truppen in der Eifel besuchte und im nahe gelegenen Brühler Schloss übernachtete. Heute befindet sich ein Restaurant mit Biergarten im Bahnhof, Züge halten hier aber immer noch.

Krefeld und der angemessene Eröffnungszug

Krefelds erster in den 1850er Jahren erbauter Bahnhof war mit seinen ebenerdig verlegten Gleisen für den übrigen Verkehr bald ein Hindernis. So stimmte der preußische Landtag schließlich für einen Neubau und die Anhebung der Gleise auf einem Damm durch die Stadt zu. Am 3. Dezember wurde der noch heute erhaltene Hauptbahnhof schließlich eröffnet. Die Webseite der Stadt Krefeld gibt unter dem

Thema *‚Als die Eisenbahn nach Krefeld kam‘* folgende Anekdote wieder:

Die Eröffnung sollte ohne ‚großen Bahnhof‘ erfolgen. Doch als der Schnellzug Aachen-Berlin Krefeld kurz vor Mitternacht des Vortages passierte, dachte der Lokführer, dass der Bahnhof durch einen standesgemäßen Zug eingeweiht werden sollte und hielt am 2. Dezember um 23:52 in der neuen Bahnhofshalle an. Doch auf den Gleisen fand sich kein Personal und die aussteigenden Fahrgäste fanden sich bald vor verschlossenen Türen. Durch das Gebäude irrend kehrten sie in den Zug zurück. Immerhin war nun Mitternacht vorüber und der Kalendertag der offiziellen Einweihung erreicht.

Leverkusen-Mitte - ‚das Bahnhofsklo‘

Trotz einer Bevölkerungszahl von über 160 000 Einwohnern und mehrerer Bahnstationen hat die Stadt Leverkusen keinen Hauptbahnhof. Noch bis ins frühe 20. Jahrhundert konnte es selbst einen Bahnhof Leverkusen nicht geben, denn erst seit 1930 heißt die Stadt, nach der Eingliederung von mehreren Gemeinden in den Ort Wiesdorf Leverkusen. Namensgeber war der Apotheker und Chemiewerkegründer Carl Leverkus (1804-1889). 1914 erhielt der Hauptortsteil Wiesdorf einen Bahnhof. 1979 wurde die zentraler gelegene Station Leverkusen Mitte eröffnet. Diese fiel aber so bescheiden aus, dass sie im Volksmund *‚Bahnhofsklo‘* genannt wird. Immerhin erhielt sie einen Glasgiebel des Leverkusener Künstlers Paul Weigmann (1924-2009), dessen Glasfenster 300 Kirchen in Deutschland zieren. Das Bahnhofskunstwerk ziert jedoch kein Kirchenkreuz, sondern ein Bayer-Kreuz, denn dieser Pharmakonzern trat als Sponsor auf. Man muss allerdings in das Empfangsgebäude hineingehen, um das Farbenspiel des Glasfensters würdigen zu können. Trotz des Kunstwerkes soll das Empfangsgebäude in den nächsten Jahren abgerissen werden. Denn es ist einem zusätzlichen

Gleis, welches für den geplanten Rhein-Ruhr-Express nötig ist, im Wege. Leverkusen bekäme allerdings so auch die Gelegenheit, ein für eine wichtige Bundesligastadt repräsentativeres Bahn-Entree zu errichten. Vielleicht wird es dann im Bahnhof auch eine Toilette geben, denn ein Bahnhofsklo sucht man im ‚Bahnhofsklo' heute vergeblich.

Leverkusen Mitte

Duisburg Hbf und die Royals

Die Konzeption des 1934 fertig gestellten Duisburger Hauptbahnhofs galt einst als bahnbrechend. Der Straßendurchgangsverkehr (und früher auch die Straßenbahn) verläuft in einem Graben vor dem Bahnhof, der von einem Deckel überbrückt wurde, welcher es Fußgängern und dem Zubringerverkehr ermöglichte, den Bahnhof ungehindert zu erreichen. Der Duisburger Hauptbahnhof ähnelt übrigens dem 1929 erbauten ehemaligen Süd- und heutigen Hauptbahnhof von Königsberg. Die vorspringende Front des klar gegliederten Duisburger Empfangsgebäudes bietet Wetterschutz, in der Mitte hängt eine unauffällige Bahnhofsuhr. In den 60er Jahren hätte die Bahnhofsuhr beinahe eine Katastrophe ausgelöst. Als Prinz Philipp und seine Gemahlin, die englische Königin Elisabeth II., im Rahmen eines Staatsbesuches dem Duisburger Bahnhof die Ehre gaben, übersah der Zeremonienmeister die tiefhängende Uhr. Im offenen Coupé steuerte der hoch gewachsene Prinz direkt auf die Uhr zu, konnte sich im letzten Augenblick aber noch wegducken.

Essen - das blaue Licht

Der Hauptbahnhof von Essen ist mit 175 000 Fahrgästen täglich einer der größten Bahnhöfe in Nordrhein-Westfalen. Doch architektonisch gilt der Nachkriegsbau nicht gerade als Aushängeschild. Da es an dieser Stelle keine Erweiterungsmöglichkeiten gibt, gab es bereits Pläne, den Bahnhof nach Westen zu verlegen. Doch nachdem in der Nachbarstadt Gelsenkirchen eine Sanierung des Bahnhofs zur WM preisgünstig gelungen ist, kam es auch in Essen zu einer Erneuerung der bestehenden Bausubstanz. Im Januar 2010 kam es zum Kulturhauptstadtjahr zur Eröffnung der renovierten Station. Die Schienen dieses Durchgangsbahnhofs befinden sich in Hochlage, darunter sind Ebenen mit Geschäften und Fahrkartenschaltern. Der Bahnhof hat zudem eine unterirdische Stadtbahnstation, die in blaues Licht getaucht ist, überraschenderweise ein weiterer Indikator für die soziale Situation des Bahnhofs. Denn einst wurde die Drogenszene aus der City in den Bahnhof abgedrängt. Das Licht ist auch deshalb blau, damit Junkies beim Spritzen ihre Venen nicht finden und so diesen Ort meiden.

Essen-Hügel

Der Bau des Essener Bahnhofs Hügel ist dem Stahlunternehmer Friedrich Alfred Krupp (1854-1902) zu verdanken. 1870 wurde im Süden Essens die riesige Villa Krupp gebaut und um Staatsgästen und Industriellen eine bequeme Anreise zu ermöglichen, ließ Krupp 1890 auf dem Gelände des ihm gehörenden Hügelparks eine Bahnstation errichten. Diese sollte auch der Allgemeinheit dienen, denn das Ruhrtal, durch das die Bahnstrecke der Bergisch-Märkischen Eisenbahn lief, war beliebtes Naherholungsgebiet. Krupp bezahlte den Bau der Station, den Unterhalt musste jedoch der Staat tragen. Für Friedrich Alfred Krupp persönlich gab es eine Sondergenehmigung, den Bahnhof Hügel durch ein Hügelpark-Tor zu erreichen. Später wurden an Familienangehörige und Angestellte der Firma Krupp weitere Sondergenehmigungen erteilt. Auch Staatsgästen wurde der direkte Zugang gewährt. Als der König von Ägypten im Juni 1929 zu Besuch war, gab Krupp Ausweiskarten zum Betreten der Bahnsteige aus, um Schaulustige abzuhalten. Nicht jedem gefiel dies. Die Essener Lokalpresse schrieb ‚Wem gehört der Bahnhof Hügel‘? Um eine negative Presse zu vermeiden, wurden solche Ausweiskarten später von der Bahn ausgestellt.

Hugo Stinnes und der Drang nach Essen

Der deutsche Industrielle Hugo Stinnes (1870-1924) baute nach dem Ersten Weltkrieg den größten deutschen Konzern auf. 1924, als Stinnes starb, gehörten der Familie 3000 Unternehmern und mit 600 000 Beschäftigten war sie der größte Arbeitgeber der Welt. Nach dem Tod von Hugo Stinnes zerfiel der Konzern aber schnell wieder. Heute ist die Stinnes AG ein wichtiges Logistik-Unternehmen und seit 2002 Teil des DB-Konzerns.

Eines Tages war Stinnes sehr in Eile, da er unbedingt schnell nach Essen kommen musste. Mit quietschenden Reifen erreichte sein Chauffeur einen kleinen Bahnhof. Stinnes kaufte eine Fahrkarte und begab sich gleich zum Bahnhofsvorsteher. „Wann kommt der Eilzug nach Essen hier durch?“ fragte der Großindustrielle. „Um 10:14 Uhr“. „Was verlangen Sie, wenn Sie den Zug anhalten, damit ich einsteigen kann?“ „Ich bin nicht bestechlich“, antwortete der Beamte. Stinnes drängte, doch der Bahnhofsvorsteher blieb dabei, dass er sich für kein Geld der Welt dazu bringen lassen werde, den Zug anzuhalten. Schließlich dampfte der Zug heran. Stinnes rannte auf den Bahnsteig und winkte mit Hut und Stock. Und tatsächlich: der Zug verlangsamte die Fahrt und blieb mitten auf dem Bahnhof stehen. Erleichtert stieg Stinnes ein, wandte sich aber noch zum Bahnhofsvorsteher um und sagte: „Sehen Sie, es ging auch ohne Sie". „Möglich", erwiderte der Beamte, gab das Zeichen zur Abfahrt und rief Stinnes nach, „der Zug hält hier fahrplanmäßig".

Mülheim - unterirdisch inkompatibel

Mülheim/Ruhr liegt zwischen Essen und Duisburg. Mit S-Bahnen kommt man schnell in beide Städte. Der Hauptbahnhof harrt jedoch schon lange seiner Sanierung. Er verfügt über eine unterirdische Stadtbahnstation, wo Stadtbahnen aus Duisburg und aus Essen ankommen. Doch durchfahren können sie nicht. Denn die Stromsysteme der Fahrzeuge sind nicht kompatibel.

Wuppertal Hbf- der Klassiker

Die Bergisch-Märkische Eisenbahn wählte für ihre ersten Bahnhöfe dagegen einen klassizistischen Baustil. Beispiel ist das Empfangsgebäude des Wuppertaler Hauptbahnhofs, das 1846 erbaut wurde und zu den ältesten Deutschlands zählt. Damals war dies noch der Bahnhof von Elberfeld, denn erst in den 1920er Jahren wurde diese Stadt mit Barmen und Vohwinkel zu Wuppertal zusammengelegt.
Beim Passieren des Elberfelder Hauptbahnhofs per Schwebebahn soll Kaiser Wilhelms Frau einst einmal gefragt haben: Was heißt eigentlich "Elberfeld HB"? Worauf der Kaiser meinte: "Hinter Barmen".
☞Der Schriftsteller Heinrich Böll (1917-1985) schrieb einst über Wuppertal: *`Lange Zeit habe ich geglaubt, Wuppertal bestehe nur aus Bahnhöfen, aneinandergereiht, um die*

Lokomotivführer nicht übermütig werden zu lassen, sie das Bremsen, Anfahren, Bremsen zu lehren...´

Wuppertal – der Döppersberg, Löwen und Mauer

Das schöne klassizistische Empfangsgebäude von Wuppertal Hbf war lange durch einen Flachdachvorbau, der von einem Supermarkt genutzt wurde, verschandelt. Zusätzlich gab es einen schmuddeligen Fußgängertunnel zur Innenstadt, im Volksmund wegen entsprechenden Geruches Harnröhre genannt. Dieser Verbindungsgang ist mittlerweile Geschichte. Mit der Fertigstellung des Döppersberg-Projektes zur Umgestaltung des Bahnhofsumfeldes ist einiges besser geworden. Auf der oberen Ebene sind vor dem Empfangsgebäude Wiesen angelegt worden, die zum Sitzen einladen. Über das Gras scheinen zwei silberne Löwen zu schreiten. Sie erinnern an zwei bronzene Löwen, die einst vor dem Rathaus von Elberfeld platziert waren und über eine Gasleitung sogar Feuer spucken konnten. Dort standen sie irgendwann im Weg und traten danach eine Odyssee an, die sie zeitweise ans Portal der Bundesbahndirektion Wuppertal führten (die zwei Büsten an deren Fassade sind übrigens relativ neu und stellen den Projektleiter und den Architekten des Umbaus dar).
Die obere Bahnhofsplatzebene ist durch eine mit Löchern versehene Natursteinmauer begrenzt. Von der Stadt kommend verdeckt diese ein wenig die Sicht auf das historische Empfangsgebäude und wirkt optisch ein bisschen zu dominierend. Manche Wuppertaler meinten schon `Die Mauer muss weg´.

Wuppertal-Ottenbruch

Wuppertal ist für seine Schwebebahn bekannt. Doch diese an industriellem Erbe reiche Stadt könnte noch viel mehr verkehrstechnische Attraktionen bieten, wenn Geldmangel und mangelndes Traditionsbewusstsein nicht zu einem

Verlust von vielen Schienenstrecken geführt hätten. Bereits 1959 wurde die Bergbahn, eine Zahnradbahn im Stadtteil Barmen trotz Protesten der Bevölkerung stillgelegt. 1987 fuhr die Wuppertaler Straßenbahn zum letzten Mal. 1988 folgte die Stilllegung der *Samba* genannten Bahnstrecke von Elberfeld nach Cronenberg. 1989 wurde der Güterverkehr der *Korkenzieherbahn* genannten Strecke von Vohwinkel nach Solingen aufgegeben. 1999 wurde die Wuppertaler *Nordbahn* stillgelegt. Immerhin konnte eine Bürgerinitiative, die *Wuppertalbewegung*, die Einrichtung eines mittlerweile populären Fuß- und Radwegs auf der Nordbahntrasse.
Bereits vor der Stilllegung sahen die Nordbahn und deren Bahnhöfe kaum Investitionen und nahmen immer mehr einen musealen Charakter an. Da die Gleisseite des Bahnhofs Ottenbruch (im Empfangsgebäude des stillgelegten Bahnhofs befindet sich ein Restaurant) mit den antiquierten Bahnsteigen seit dem Zweiten Weltkrieg nicht mehr modernisiert wurde, konnten dort schließlich Außenszenen von Filmen gedreht werden, die in der Vorkriegszeit spielen.

Wuppertal-Vohwinkels Katakomben

Der Bahnhof Vohwinkel bietet für heutige Fahrgäste unsichtbare Geheimnisse, wie eine örtliche Webseite zu berichten weiß (www.wuppertal-vohwinkel.net). Denn wahre Katakomben befinden sich unter der Station. Einst gab es im Keller nicht nur geräumige Herren- und Damentoiletten, in denen sogar Wannenbäder genommen werden konnten, auch 2500 m Heizungsrohre waren verlegt, die von 3 Kesseln im Keller gespeist wurden. Kohle wurde auf Gleis 11 angeliefert und von dort in den Keller geschafft. Jeder Bahnsteig verfügte wiederum über einen Gepäckaufzug. Gepäckstücke wurden auf fahrbaren Untersätzen durch Tunnelgewölbe zu einem Sortierplatz im Keller gefahren. Bis 1970 war diese Anlage im Betrieb.

Bahnhof Wuppertal Vohwinkel

Weiteres Kuriosum: von den 1950er bis in die frühen 1990er Jahre gab es zudem an Gleis 4, weltweit einmalig, einen Bahnsteigfriseur. Heute ist aus dem einst belebten Bahnhof eine unbesetzte Station mit Fahrkartenautomaten und ohne Bahndienstleistungen geworden. So kam es, dass vor wenigen Jahren ein Bankräuber mit einer Rohrbombe die im Bahnhof angesiedelte Bank, die es heute dort auch nicht mehr gibt, stürmen konnte.

Solingen-Schaberg und die Müngstener Brücke

Der Haltepunkt Schaberg erschließt seit der Regionale 2006 den Müngstener Brückenpark. Die Müngstener Brücke zwischen Solingen und Remscheid ist mit 107 Metern über dem Tal die höchste Eisenbahnbrücke Deutschlands. Sie wird von 934 456 Nieten zusammengehalten. Angeblich soll eine Niete aus purem Gold darunter sein. Doch die Sanierungstrupps der Bahn, welche die Brücke regelmäßig überprüfen, sind bis heute nicht fündig geworden.

Solingen Hauptbahnhof

Das Empfangsgebäude des Solinger Hauptbahnhofs war einst ein eleganter Fünfzigerjahre-Bau. Doch als die Intercity-Züge eingeführt wurden, hielten diese am Bahnhof Solingen-Ohligs und der Hauptbahnhof wurde nur noch im Nah- und Regionalverkehr bedient. Seine etwas zentrenferne Lage und die Mittelknappheit bei der Bahn taten ihr Übriges. Der Turm wurde abgerissen und der Bahnhof verfiel immer mehr. Sein mit Graffiti beschmiertes `Bronx-Ambiente´ hatte nach der Jahrtausendwende schon fast etwas Sehenswertes. Zur *Regionale 2006* wurde das Empfangsgebäude für den Bahnverkehr geschlossen und zu einem Designzentrum umgebaut und schließlich wurde die Station Solingen-Ohligs in Hauptbahnhof umbenannt.

Düsseldorf - der Wasserturm

Der Düsseldorfer Hauptbahnhof ist ein relativ nüchterner Backsteinbau aus den dreißiger Jahren. Markant ist der 40 Meter hohe Uhrturm, der ein Wasserreservoir enthält, das einst zum Betanken der Dampfloks angelegt wurde. 1838 fuhr von Düsseldorf nach Erkrath die erste Eisenbahn Westdeutschlands, drei Jahre später wurde die Strecke nach (Wuppertal-) Elberfeld verlängert. Zwischen Erkrath und Hochdahl mussten Dampfloks die Züge schieben, denn die Steigung beträgt 1:30. Heute weist eine Gedenktafel die Strecke als steilste Eisenbahnhauptstrecke Europas aus. Parallel dazu und flacher führt eine Strecke ins Neandertal, wo 1856 bedeutende Knochenfunde gemacht wurden. Heute gibt es dort einen gleichnamigen S-Bahnhof und ein Neandertal-Museum.

Düsseldorf-Benrath

Der Haltepunkt Düsseldorf Benrath, mit seinem eleganten Backstein-Empfangsgebäude aus dem Jahr 1932, ist mit 30 000 Reisenden täglich der nach dem Hauptbahnhof am meisten frequentierte Bahnhof der Landeshauptstadt. Am 25. Mai 1965 besuchte die englische Königin Elisabeth II. Schloss Benrath. Der NRW-Ministerpräsident Franz Meyers empfing sie auf dem für sie feierlich geschmückten Bahnhof. Käme Elisabeth heute ans Stationsportal, würde sie sich wohl sprachlich zu Hause fühlen, denn über dem Eingang sind die englischen Worte ‚ServiceStore' zu lesen, daneben ein britischer (schottischer) Name - *McDonalds*.

Mönchengladbachs zwei Hauptbahnhöfe

Mönchengladbach gilt als einzige Stadt Europas mit zwei Hauptbahnhöfen. Neben dem Mönchengladbacher Hauptbahnhof gibt es noch denjenigen von Rheydt. Seit der Gebietsreform der 70er Jahre gehört Rheydt zu Mönchengladbach, doch die Bahn passte den Bahnhofsnamen nicht an. Der Hauptbahnhof Mönchengladbachs erfuhr dagegen nach dem Krieg Namensänderungen, denn früher hieß der Ort München-Gladbach. Um eine Verwechslung mit München zu vermeiden, wurde daraus erst Mönchen-Gladbach und schließlich Mönchengladbach. Trotz zweier Hauptbahnhöfe halten in der Stadt heute außer freitags und sonntags (seit Dezember 2009 gibt es an diesen Tagen Fernzüge nach Aachen und Berlin) keine Fernzüge mehr.

Hochdahl und das Seilzugdenkmal

Die Bahnstrecke von Düsseldorf nach Wuppertal ist eine der ältesten Deutschlands (1837-1841 erbaut) und enthält zudem überraschenderweise eine der steilsten Rampen einer Hauptbahnstrecke (3,3%). Eine Informationstafel im Bahnhof Hochdahl weist den Abschnitt Erkrath-Hochdahl sogar als steilste Eisenbahnhauptstrecke Europas aus. Auf diesem Streckenabschnitt gab es von 1841-1927 sogar Seilzugantrieb. Eine Umlenkrolle der Anlage ist im Bahnhof Hochdahl als technisches Denkmal zu bewundern. 1938 war sie im Bahnhof Erkrath aufgestellt, doch 1986 kam sie an ihren technisch korrekteren Platz.

Leichlingen

In der Stadt Leichlingen im Rheinland befindet sich seit Juni 2017 am Bahnhofsplatz ein beschädigter Träger einer historischen Bahnsteigüberdachung als Denkmal. Auf einer Tafel am Denkmal ist Folgendes zu lesen: ist

"Am 4. Oktober 1944 wurde gegen 10:20 Uhr ein im Bahnhof Leichlingen haltender Personenzug, der nach Köln fahren sollte, von einem Jagdbomber der amerikanischen Luftwaffe angegriffen. Der damalige Fahrdienstleiter versuchte noch, die Reisenden in der Unterführung in Sicherheit zu bringen. Jedoch schlug eine schwere Bombe im Nebengleis ein und zerstörte dabei Teile des Zuges. Bei diesem Angriff starben 20 Menschen. Es gab sehr viele Verletzte. Der durch Schüsse und Granatsplitter beschädigte Träger der historischen Bahnsteigüberdachung, der 2011 wegen des Neubaus des

Bahnteiges demontiert wurde, ist ein historisches Zeugnis dieses Kriegsereignisses."

Im Krieg beschädigter Träger am Bahnhof Leichlingen

11.2 Westfalen

Minden - der Festungsbahnhof

Die Köln (früher: Cöln)-Mindener Eisenbahn wählte einst für wichtige Empfangsgebäude an ihren Strecken einen `romantischen´ Stil mit Zinnen und Türmchen ähnlich mittelalterlicher Burgen. Der 1848 erbaute, zwischen Gleisen gelegene Insel-Bahnhof von Minden ist einer der letzten Architekturzeugen dieser Epoche. Die anderen in diesem Stil erbauten Bahnhöfe, zum Beispiel Dortmund und Hamm, wurden später durch Neubauten ersetzt. Weil hier zudem die Hannoversche Staatseisenbahn endete, gibt es das Mindener Empfangsgebäude gleich doppelt, mit einem Bahnhofsrestaurant dazwischen, das allerdings vor ein paar Jahren nach einem Brand schließen musste. Anfangs nahmen die Mindener Bürger den Bahnhof nur unwillig an, denn er lag rechts der Weser, was als außerhalb Mindens empfunden wurde. Das unweit der Porta Westfalica strategisch gelegene Minden war Grenzstadt zwischen Preußen und dem Königreich Hannover und Festungsstadt. Deshalb wurde für den außerhalb der Festung Minden gelegenen Bahnhof eine eigene Bahnhofsfestung gebaut, die drei Eisenbahntore und eine Bahnhofskaserne hatte. Doch als Hannover 1866 zu Preußen kam war die Festung überflüssig geworden. Nach dem Zweiten Weltkrieg stieg die Bedeutung des Bahnhofs wieder durch die Ansiedlung des Bundesbahn-Zentralamtes, welches in Minden eisenbahntechnische Versuche durchführte.

Dortmund - Pommesbude mit Gleisanschluss

Nach den Zerstörungen des Krieges wurde 1952 in Dortmund ein relativ unscheinbares Empfangsgebäude für den Hauptbahnhof errichtet, weshalb der Spitzname `*Pommesbude mit Gleisanschluss*´ aufkam. Ein Neubau des Bahnhofs ist seit den 90er Jahren in Diskussion. Zunächst bestand das

Projekt eines kreisförmigen Unterhaltungszentrums über den Gleisen, das wegen seiner Form „Ufo“ genannt wurde. Im Jahre 2001 wurden neue Pläne vorgestellt, unter dem Arbeitstitel `3do´ wollte ein portugiesischer Investor über 500 Millionen Euro in 36 000 Quadratmeter Einzelhandels- und 26 000 Quadratmeter Entertainment-Flächen investieren. Doch auch dieses Projekt scheiterte. Mittlerweile wird die `*Pommesbude* ´ nach Essener Vorbild mit moderatem Aufwand modernisiert.

Das Huckarder Unikum

Im Dortmunder Stadtteil Huckarde verlor die Bahn einst einen Rechtsstreit gegen einen Bürger als es um die Positionierung eines Bahngebäudes ging. Wie zum Trotz setzte die Bahn das Empfangsgebäude schließlich im Jahre 1908 mitten auf eine wichtige Verbindungsstraße. Dies wurde später als `Huckarder Unikum´ bezeichnet. Die exponierte Lage nutzend befindet sich im heutigen Bahnhof Huckarde-Nord seit 1996 ein Restaurant.

Gelsenkirchen - Abbau West

Gelsenkirchen hatte einst einen historistischen Bahnhofsbau aus dem Jahre 1904, der stilistisch überfrachtet und innen etwas düster war, doch mit gutem Willen in ein Schmuckstück hätte verwandelt werden können. Doch 1982 wurde das Empfangsgebäude abgerissen und durch eine banale Einkaufszeile ersetzt, während der Zugang zu den Gleisen unterirdisch erfolgte. Dieser Bahnhof verwahrloste jedoch so schnell, dass er im Jahre 2005 vom NRW-Städtebauminister Vesper als Beispiel für den Bedarf für `Aufbau West´-Mitteln vorgeführt wurde. Zur WM 2006 wurde er schließlich saniert. Doch aus ähnlichen Gründen wie in Essen ist auch der Eingangsbereich des Hauptbahnhofs der `Stadt der tausend Feuer´ (einst wegen der Montanindustrie Beiname der Stadt) in blaues Licht getaucht.

Recklinghausen Hbf und die Zigarettenwerbung

Der Hauptbahnhof von Recklinghausen, ein mittlerweile mehrfach umgebauter Nachkriegsbau mit markantem Uhrturm ist für zwei verschwundene Dinge bekannt. Zum einen fand sich im Bahnhof bis zu seiner Renovierung im Jahr 1998 eine Gedenktafel für den 5000. elektrifizierten Bahnkilometer der DB. Seither ist die Tafel verschwunden. Verschwunden ist mittlerweile auch eine Marlboro-Werbung auf dem Mittelbahnsteig des Hauptbahnhofes. Da diese im Gegensatz zum Stationsschild beleuchtet war und ein ähnliches Schriftbild aufwies, bestand die Gefahr, dass dies von manchen Fahrgästen als Station der Nachbarstadt Marl falsch gelesen werden könnte, so wie Marl-Sinsen, die nächste Station nach Norden.

☞ In der Bahnhofshalle war jedoch noch der ‚Marlboro-Mann' zu sehen. Doch von der roten Neonleuchtschrift waren zwei Buchstaben unbeleuchtet. Somit war *Ma..boro* zu lesen und eine Verwechslung mit Marl wird wiederum vermieden. Mittlerweile ist der Marlboro-Mann jedoch auch aus der Bahnhofshalle verschwunden.

Wanne-Eickel und Heinz Rühmann

1975 wurde Wanne-Eickel nach Herne eingemeindet. Doch nicht der Bahnhof von Herne, sondern der Bahnhof von Wanne-Eickel trägt den Titel Hauptbahnhof. Einst galt Wanne als ‚Stadt der tausend Züge‘, denn hier fand sich einer der größten Rangierbahnhöfe Europas. An die einstige verkehrliche und industrielle Bedeutung des Ortes erinnert die Skulpturengruppe ‚Dreimännereck‘ auf dem Bahnhofsplatz, die einen Eisenbahner, einen Bergmann und einen Binnenschiffer zeigt. Der Bahnhofsplatz selbst ist nach dem Schauspieler Heinz Rühmann (1902-1994) benannt. Von 1906-1916 betrieb Rühmanns Vater Hermann im Bahnhof Wanne ein Restaurant. Darüber und über Heinz Rühmanns Jahre in der Stadt, er ging für ein paar Jahre in Eickel aufs Gymnasium, informiert eine Tafel am Bahnhofsplatz

Hbf Wanne-Eickel mit Skulptur ‚Dreimännereck‘

Wanne-Eickel und der Auskunftsbeamte

In den 1930er Jahren war im Bahnhof Wanne-Eickel der Auskunftsbeamte Schattenberg tätig, über den bis heute Anekdoten erzählt werden. Einmal hielt der Zug mit Reichspräsident Hindenburg, der auf dem Weg ins Rheinland war, für einige Minuten im Bahnhof Wanne. Hindenburg stand am Fenster und winkte. Schattenberg sah seine Chance gekommen. Er griff seine große Bronzeglocke, ließ den Bahnsteig freimachen und läutete sich den Weg zum Reichspräsidenten durch. Schattenberg, der nicht gedient hatte, stand stramm und begrüßte Hindenburg mit ‚Herr Generalfeldmarschall'. Hindenburg bemerkte, dass Schattenberg ein Arm fehlte und fragte: ‚*hat er den Arm (im Krieg) 1870/71 verloren?*' ‚*Nö, bei der Eisenbahn vor vierzig Jahren*', antwortete Schattenberg, der in jungen Jahren den Arm beim gefährlichen Rangieren verloren hatte.

Hertens fehlender Bahnhof

1983 endete der Schienenpersonenverkehr der Herten durchquerenden Hamm-Osterfelder Bahn und der 1905 eröffnete Bahnhof Hertens wurde für den Personenverkehr stillgelegt (mittlerweile gibt es in Herten auch keinen Güterbahnhof mehr). Damit wurde aus Herten (62 000 Einwohner) jedoch etwas Besonderes. Es ist seither die größte Stadt in Deutschland ohne einen im Schienenpersonenverkehr bedienten Bahnhof.

Hamms Rangierbahnhof

Wegen seiner Lage am Ostrand des Ruhrgebietes, wo Güterzüge in die Nordseehäfen und in den Osten Deutschlands zusammengestellt werden konnten, hatte Hamm einst den größten Verschiebebahnhof Europas. Doch der Bahnhof wurde im 2. Weltkrieg stark bombardiert und erreichte wegen einer Neuausrichtung der Verkehrsströme, der Produktionsschwerpunkte und der Logistik nie mehr seine Vorkriegsbedeutung. Das 1920 erbaute neobarocke Empfangsgebäude des Bahnhofs wirkt jedoch eher wie das einer Kurstadt. Nur die Figuren eines Bergmannes und eines Drahtziehers neben der Bahnhofsuhr über dem Eingang weisen auf einst wichtige Gewerbe der Stadt hin. Mitte der neunziger Jahre wurde das Empfangsgebäude mustergültig saniert und erhielt einen europäischen Denkmalschutzpreis.

Hamm und der kleine Hunger

In den achtziger Jahren war der als Bürgerkriegsflüchtling aus Sri Lanka nach Deutschland gekommene Hindu-Priester Sri Paskaran mit dem Zug von Berlin nach Paris unterwegs. Da er nach mehrstündiger Fahrt Hunger verspürte, stieg Paskaran in Hamm aus, um etwas zu essen. Die Fahrtunterbrechung deutete er als Zeichen der Götter, in dieser Stadt einen Hindutempel zu eröffnen. Auch sonst passte einiges. Der Bahnhof ist in den Tempelfarben rot-weiß gestrichen, rot-weiß ist auch das Muster im Stadtwappen und Wahrzeichen Hamms ist ein gläserner Elefant. Anfangs bestand nur ein kleiner Kelleraltar, doch im Juli 2002 wurde in Hamm durch Paskaran der größte Hindutempel des europäischen Festlandes eröffnet.

Bielefeld und die Fahrräder

Münster gilt als Fahrradhauptstadt Deutschlands und hat Deutschlands größte Fahrradstation am Bahnhof (3300 Stellplätze) und zusätzlich etliche an anderen Stellen oder wild geparkte Fahrräder. Doch es war nicht Münster, sondern Bielefeld, einst Sitz wichtiger Fahrradhersteller, das 1992 Deutschlands erste Radstation eröffnete (390 Stellplätze). Heute gibt es allein in NRW 70 Fahrradstationen, mit insgesamt über 20 000 Stellplätzen. Nur in den Niederlanden gibt es mehr (etwa 100 Radstationen).
☞: Im Jahre 1994 wurde die *Bielefeldverschwörung* in die Welt gesetzt, eine Satire, die die Existenz der Stadt in Zweifel zieht. Alle Hinweise auf die Existenz Bielefelds seien Teil einer groß angelegten Verschwörung. Da viele ICE-Züge durch die Stadt fahren und am Bahnhof halten, fragen sich manche durchreisenden Anhänger der Verschwörungstheorie, ob das alles nur Kulissen sind.

Bielefeld und die fehlende Verbindung

Von der Stadtbahnhaltestelle Hauptbahnhof in Bielefeld hat man seltsamerweise keinen unterirdischen Zugang zum Bielefelder Bahnhof. Vielmehr muss man erst an die Oberfläche und einige Meter zurücklegen, bevor man im Bahnhof ist. Die fehlende unterirdische Verbindung erklärt sich aus massiven Weltkriegs-Bunkeranlagen, die zwischen der Stadtbahnstation und dem Hauptbahnhof liegen.

☞Der Stadtbahneingang der Haltestelle Hauptbahnhof wird im Bielefelder Volksmund `Tüte´ genannt und galt zeitweise las sozialer Brennpunkt. Deshalb kamen wohl etliche Bielefelder nicht in die Tüte.

Altenbeken - das goldene Viadukt

Der Bahnhof von Altenbeken im Eggegebirge im östlichen Westfalen war einst ein wichtiger Eisenbahnknoten, und Altenbeken sieht sich noch heute als Eisenbahnstadt. Dazu beigetragen hat der Bau des Bekeviaduktes, der größten Kalksandsteinbrücke Europas, der 1851 begonnen wurde. Bei der Einweihung im Jahre 1853 meinte der preußische König Wilhelm IV.: „*Ich hatte geglaubt, eine goldene Brücke vorzufinden, weil sie so unglaublich viele Taler gekostet hat*“. Auf dem Altenbeker Wappen ist heute ein goldener Viadukt vor blauem Hintergrund zu sehen. Und seit Dezember 2002 sind die Bögen der „goldenen Brücke“ nachts beleuchtet.

Hagen Hbf - letzte Bahnhofshalle Westfalens

Hagen hat den Ruf, eine der hässlichsten Städte Deutschlands zu sein. Der Hauptbahnhof trägt allerdings nicht dazu bei. Die Gleise überdeckt eine zweischiffige Bahnsteighalle aus dem Jahr 1910 - die einzige noch erhaltene Bahnsteighalle in Westfalen und im Ruhrgebiet. Das Empfangsgebäude hat die Kubatur einer Kirche. Im großen

Glasfenster über dem Haupteingang hat der Hagener Kunstmäzen Karl Ernst Osthaus im Jahr 1911 ein Glasgemälde des niederländischen Künstlers Thron Prikker (1868-1932) einsetzen lassen. Anfang des 20. Jahrhunderts gingen von Hagen wichtige künstlerische Entwicklungen (‚Hagener Impuls‘) aus, das Glasfenster erinnert in der grauen Gegenwart daran.
Von Herbst 2004 bis Frühjahr 2006 wurde die Bahnhofshalle saniert. Die Fahrgäste mussten sich den Weg unter Gerüsten und Abdeckungen suchen und die Halle hatte bald den Spitznamen *`Grusel-Grotte´*.

Hagen Hbf

Hagen-Hohenlimburg

Während Hagen selbst nicht gerade den Ruf einer Touristenstadt hat, galt das 1975 eingemeindete Hohenlimburg wegen seiner Lage zwischen Fluss und Berghang einst als *westfälisches Heidelberg*. Noch heute haben sich viele Hohenlimburger mit der Eingemeindung nicht abgefunden und kämpfen weiter um ihre Selbstständigkeit.

Nicht glücklich waren die Hohenlimburger lange auch über die Tatsache, dass eine Bahnlinie den Ort zerschnitt und eine lästige Verkehrsbarriere darstellte. „*10 Jahre Hohenlimburg, davon 5 vor Schranken*“, hieß es. Im Mai 2009 wurde dann endlich am Hohenlimburger Bahnhof eine Auto- und Fußgängerbrücke eröffnet. Die Brücke wurde mit einem Wappen versehen - ortstypisch nicht mit dem Hagener Stadtwappen, sondern dem von Hohenlimburg.

Dülmen-Buldern und der tolle Bomberg

In Dülmen gibt es am Bahnhof eine Kneipe namens “Toller Bomberg” und auch ein Intercity hieß einst so. Wie kommt es, dass eine Figur aus einem Schelmenroman bahnmäßig so geehrt wird? In Josef Wincklers (1881-1966) erfolgreichem Roman “der tolle Bomberg” (750 000 verkaufte Exemplare) ist der Baron ein eifriger Bahnfahrer. Die Bahnlinie von Münster ins Ruhrgebiet verläuft an seinem Schloss in Bullbergen vorbei, ohne dass jedoch eine Bahnstation in der Nähe ist. So verhilft sich Bomberg, der öfter in Münster weilt, zum Ärger der Bahn damit, immer wieder die Notbremse zu ziehen. Dem Schaffner drückt er die dafür fällige Strafe mit der Bemerkung in die Hand “Mal sehen, wer das länger durchsteht, der Fiskus oder ich.” Einmal saß in einem von Hannover kommenden Zug sogar ein britischer Adeliger als Bomberg die Notbremse zog, in Bullbergen an einem Telegraphenmast urinierte, wieder in den Zug stieg, um in Dülmen in die wartende Kutsche zu steigen. Das war der Bahn so peinlich, dass sie schließlich ein Einsehen hatte

und in Bullbergen eine Bahnstation anlegen ließ. Von Bomberg und der örtlichen Bevölkerung wurde die Eröffnung der kleinsten Bahnstation Westfalens dann gebührlich gefeiert.
Soweit die Geschichte. Doch der Roman hatte reale Vorbilder. Bomberg hieß in Wirklichkeit Gisbert Freiherr von Romberg (1839-1997) und mit Bullbergen war Buldern gemeint. Das Schloss in Buldern, welches mittlerweile ein Ortsteil von Dülmen ist, beherbergt heute ein Internat und sorgt so für entsprechendes Bahn-Verkehrsaufkommen.

Kneipe am Bahnhof

Selm-Beifang und die Notbremse

Anfang des 20. Jahrhunderts wuchs der Ort Selm am Nordrand des Ruhrgebietes durch Industrialisierung und Kohlebergbau schnell von 2000 auf 10 000 Einwohner. Doch bereits 1926 wurde die Zeche stillgelegt, für den Ort eine wirtschaftliche Katastrophe, und viele Bergleute mussten sich woanders Arbeit suchen. Viele wohnten weiterhin in Selm und pendelten per Bahn. Oft wurde auf Höhe des Beifanger Wegs die Notbremse gezogen, denn die von der

Arbeit müden Bergleute, die in diesem Ortsteil wohnten, wollten nicht den weiten Weg vom Bahnhof Selm dorthin auf sich nehmen. Selbst die Bahnpolizei schaffte es nicht, diese Notbremsungen zu verhindern. So hatte die Bahn schließlich ein Einsehen und richtete 1946 einen weiteren Haltepunkt ein, den heutigen Bahnhof Beifang. Dieser hat seither den Spitznamen ‚*Bahnhof Notbremse*'.

Münster Hbf und die Fahrräder

Münster ist die Fahrradhauptstadt Deutschlands mit dem höchsten Radfahreranteil aller Großstädte (etwa 30%). Bei den vielen Radfahrern wundert es nicht, dass Münster auch Deutschlands größte Bahnhofs-Fahrradstation hat, ein markanter dreieckiger Bau mit über 3300 Fahrradstellplätzen. Trotzdem sind zusätzlich viele Fahrräder in den bahnhofsnahen Straßen abgestellt.

Münster Hbf und der Umbau

Der Hauptbahnhof von Münster ist ein wichtiger Eisenbahnknoten mit 70 000 Reisenden täglich und 9 Bahnstrecken, die von hier in alle Himmelsrichtungen führen. Nach der Zerstörung des historischen Bahnhofsgebäudes im 2. Weltkrieg wurde in der Nachkriegszeit ein Empfangsgebäude in relativ nüchternem Stil errichtet. Deshalb gab es seit etlichen Jahren Pläne für ein repräsentativeres Entree in die Stadt. Ende 2014 ist mit dem Bau begonnen worden, 2017 wurde er in Betrieb genommen. Die Bahnsteige und die Nordunterführung wurden jedoch bereits 2009-2013 saniert, was dringend notwendig war, denn weder Aufzüge noch Rolltreppen waren vorhanden. Deren Fehlen zeigte sich auch in einem tragischen Unfall im Juli 2009. Vom Gewicht seines Trolleys nach unten gezogen, strauchelte der 79-jährige Rechtswissenschaftler Werner Hoppe auf der Treppe zu den Gleisen, stürzte und zog sich eine Kopfverletzung zu, an welcher er wenig später verstarb.

12. Hessen

12.1 Südhessen

Der Frankfurter Paukenschlag

Der Frankfurter Hauptbahnhof wurde am 18.8.1888 auf der grünen Wiese eröffnet und galt als Paukenschlag, mit welchem die reiche Handels- und Bankenstadt ihre Rolle als regionaler Verkehrsknoten auch gegenüber Städten wie Offenbach untermauern wollte. Gleichzeitig wollte man Berlin übertrumpfen, das seit 1871 Hauptstadt des wieder erstandenen Deutschen Reiches und zum Konkurrenten für Frankfurt geworden war. In der Ausschreibung hieß es deshalb „*Es gilt Einzigartiges zu schaffen, gewissermaßen einen Typus festzulegen für einen Centralbahnhof, der durch seine mächtigen Dimensionen die ausgeführten Bahnhofsgebäude übertreffen wird.*“ In den 60er und 70er Jahren des 20. Jahrhunderts wurde der im 2. Weltkrieg nur wenig zerstörte Bahnhof vor allem in die Tiefe erweitert. Es wurden S-Bahn- und U-Bahnlinien und eine unterirdische Shopping-Ebene errichtet. Aber das ist noch nicht alles. Unter den Bahnsteigen befindet sich zudem ein System von Post- und Gepäcktunneln, von den Eisenbahnern `Katakomben´ genannt.

Wiesbaden Hbf und der Kaiser

Wiesbaden war vor dem ersten Weltkrieg eine noble Kurstadt und galt wegen der Industriellen, die sich hier im Alter niederließen als `Pensionopolis´. Auch Kaiser Wilhelm II. weilte oft in Wiesbaden, jeweils im Frühling avancierte die Stadt zur kaiserlichen Residenz. So musste auch ein repräsentativer Bahnhof her und wie bei anderen wichtigen Gebäuden der Zeit griff Wilhelm in die Planungen ein und setzte eigene Architekturvorstellungen durch. So fiel der 1906 eröffnete Bahnhof pompös aus, nahm aber, anders als der gleichzeitig gebaute Hamburger Hauptbahnhof, der einen ähnlichen Uhrturm hat, neue Architekturströmungen wie den Jugendstil nicht auf. Für den Bau des Bahnhofs musste zudem ein Teil des Talhangs des Melonenberges abgetragen werden. Das wurde aufgrund von Hangrutschungen so teuer, dass dieser damals den Spitznamen `Millionenberg´ erhielt.

Bad Homburg

Bad Homburg war einst Sommerresidenz des deutschen Kaisers Wilhelm II. und beliebter Kurort des Adels. Entsprechend repräsentativ sollte das 1907 erbaute Empfangsgebäude ausfallen. Für den Kaiser wurde ein eigenes Fürstengebäude errichtet und Wilhelm II. nahm persönlich Einfluss auf dessen Gestaltung. Das Gebäude sollte nach seinem Willen im Renaissancestil gehalten sein und Motive der Stadt Rothenburg ob der Tauber aufgreifen.
Nach dem Ersten Weltkrieg blieben adlige Kurgäste aus und Bad Homburgs Bedeutung als Weltbad ging verloren. Im Zweiten Weltkrieg wurde die Bahnhofsanlage nicht zerstört und nach dessen Ende diente der Fürstenbahnhof den Militärgouverneuren Eisenhower und Clay als Wohnung. Ein Militärzug stand betriebsbereit am Bahnsteig und für die Besatzungsmächte verkehrten direkte Züge nach Berlin und Bremerhaven (wo US-Schiffe anlandeten). Heute findet sich im Fürstenbahnhof ein Musiklokal, während sich das Hauptempfangsgebäude nach einem Brand zurzeit in Renovierung befindet.

Friedberg und Elvis Presley

Der amerikanische Sänger Elvis Presley (1935-1977) leistete 1958-1960 seinen Militärdienst in Friedberg in Hessen ab. Am Morgen des 1. Oktober 1958 lief ein Truppentransporter mit Elvis an Bord in Bremerhaven ein, 5000 Fans waren zur Stelle, als Elvis an der Columbuskaje mit den anderen US-Soldaten in einen Zug nach Hessen umstieg. Am Abend desselben Tages warteten hunderte Fans am Bahnhof von Friedberg, um den Star aus dem Zug steigen zu sehen. Doch der Zug fuhr durch und hielt erst 2 km später an der Verladerampe der Ray Barracks. Dort waren bereits 50 Berichterstatter von Rundfunk, Fernsehen und Presse postiert, aber nur 20 Fans sahen, wie Elvis mit 1400 anderen US-Soldaten aus dem Zug stieg. Bis zum 2. März 1960 war Elvis in Friedberg stationiert, er wohnte während dieser Zeit jedoch in Bad Nauheim.

Weißkirchen oder Steinbach?

Der Bahnhof Weißkirchen in Hessen lag in der Länderbahnzeit vor dem 1.Weltkrieg genau auf der Grenze zwischen Hessen-Darmstadt und Hessen-Nassau. Heute liegt er auf der Gemarkungsgrenze von Oberursel und Steinbach. Die Gemeinde Steinbach wuchs in den letzten Jahrzehnten und mehr Steinbacher nutzten den Bahnhof als Fahrgäste aus Weißkirchen. Deshalb plante die DB Anfang der 80er Jahre eine Umbenennung des näher am Siedlungsschwerpunkt Steinbachs gelegenen Bahnhofs, was jedoch im Oberurseler Stadtteil Weißkirchen einen Sturm der Entrüstung auslöste. Schließlich fand man eine salomonische Lösung: die Station wurde in (Oberursel-) Weißkirchen/Steinbach umbenannt.

Mainz-Kastel und Mainz-Kostheim

Die einst zu Mainz gehörenden Vorstädte Amöneburg, Kastel und Kostheim liegen rechtsrheinisch und wurden nach dem Zweiten Weltkrieg dem neu gebildeten Land Hessen zugeschlagen. Noch heute gibt es viele Bürger in diesen ‚AKK-Orten', die lieber zu Mainz gehören würden als zur hessischen Landeshauptstadt Wiesbaden, deren Stadtzentrum wesentlich weiter entfernt ist als das der rheinland-pfälzischen Landeshauptstadt. Die einstige Zugehörigkeit, zumindest von Kastel zeigt sich auch auf dem Stationsschild, auf dem Mainz-Kastel zu lesen ist.

Tod in Nidda

Am 19. Oktober 1939 verblutete Emanuel Eckstein im Bahnhof von Nidda. Der 66jährige Jude Eckstein stammte aus dieser Stadt, war jedoch ein halbes Jahr vorher mit seiner Familie nach Frankfurt gezogen. Bei seinem Besuch in seiner Heimatstadt stößt er auf eine feindselige Atmosphäre. Ein Pöbel jagt ihn durch die Stadt, es fliegen Steine. Blutend erreicht Eckstein den Bahnhof und schleppt sich in den Wartesaal 3. Klasse. Doch statt der verlangten Tasse Kaffee bekommt er einen Schlag vor die Brust und bald darauf stirbt er.

Messel und die Glocke

Am Bahnhof von Messel, 1857 im Zuge des Baues der Rhein-Main Bahn (Mainz-Darmstadt-Aschaffenburg) der Hessischen Ludwigsbahn im gleichnamigen Dorf eröffnet, läutete früher 20 vor Abfahrt der Züge eine Glocke. Denn in der Nähe lag die Grube Messel und Arbeiter, die auf dem Weg zum Bahnhof waren, sollten über die bevorstehende Abfahrt informiert werden. Heute ist die Grube Messel wegen der bedeutenden Fossilienfunde UNESCO Weltnaturerbe. Die einstige Bahnhofsglocke kommt dagegen auf einem Friedhof in Pfungstadt zum Einsatz.

Darmstadt und die Fahrradstation

Darmstadt ist im Krieg stark zerstört worden, aber der etwas außerhalb des Stadtzentrums gelegene 1912 erbaute Hauptbahnhof blieb in seiner repräsentativen Jugendstilarchitektur erhalten. Ähnlich wie im Hamburger Hbf erreicht man über einen Kopfperronebene von Gleishallen überdachte, in Tieflage liegenden Bahnsteige. Eine Besonderheit ist der ehemalige Fürstenbahnhof, in welchem heute ein Restaurant untergebracht ist. Eine weitere Besonderheit: die Fahrradstation im Darmstädter Hauptbahnhof war die erste, welche spezielle Frauenfahrradparkplätze anbot.

Marburgs Champagnerbahnhof

Als Marburgs Bahnhof zwischen 1907 und 1909 neu gebaut wurde, lag er noch weit draußen vor den Toren der Stadt. Wie konnte sich der periphere Standort im Norden der Stadt gegen einen ebenfalls diskutierten stadtnäheren Standort (Weidenhausen) durchsetzen? Die Webseite der Stadt Marburg gibt unter der Rubrik *‚Geheimnisse'* darüber Auskunft (www.marburg.de): der örtliche Großgrundbesitzer Hofmann lud die an der Entscheidung Beteiligten, darunter Vertreter des Stadtparlamentes und der Main-Weser-Bahn, zu einer lockeren Runde in ein Marburger Restaurant ein. Die Standortwahl fiel schließlich auf ein Stück Land, welches Hofmann gehörte. Seither hat der Bahnhof den Spitznamen *Champagnerbahnhof*.
Ganz unsinnig war die Standortwahl dann doch nicht, denn der Alternativstandort Weidenhausen war später immer wieder von Überschwemmungen betroffen. Dennoch gibt es heute Pläne, für die zahlreichen Pendler (Marburgs Bahnhof wird immerhin täglich von 12 000 Reisenden frequentiert) einen stadtnäheren Haltepunkt zu errichten.

Wetzlars verlorener Jugendstilbahnhof

Der Wetzlarer Bahnhof hatte bis 1985 eines der wenigen Jugendstilempfangsgebäude im Bereich der Deutschen Bahn. Doch 1985 wurde das 1917 errichtete kulturhistorisch wertvolle Gebäude im Zuge einer Modernisierung der Stellwerkstechnik abgerissen. Der 1986 eröffnete Nachfolgebau enthält das neue Zentralstellwerk und zeichnet sich ansonsten durch banale Klotzarchitektur aus. Im Gegensatz zum Vorgängerbau alterte er nicht in Würde, sondern wurde zunehmend zu einem Schandfleck der Stadt. Immerhin wurde mittlerweile mit Modernisierungsmaßnahmen der Bahnanlagen und des Bahnhofsplatzes begonnen.

Während Wetzlar eine historische Altstadt hat und einen neuen Bahnhof hat, ist es in Gießen fast umgekehrt. Die Altstadt wurde im Krieg zerstört aber der Bahnhof blieb erhalten und hat heute das schönste Empfangsgebäude Mittelhessens.

Arfurts Wellblechbahnhof

Arfurt ist ein Ortsteil der hessischen Stadt Runkel mit etwa 1000 Einwohnern und einem sehr elementaren Bahnhof. Dieser ist in seiner Bescheidenheit mit seinem kleinen waggonförmigen Warteraum jedoch etwas Besonderes, denn er gilt als einziger Wellblechbahnhof Deutschlands. Die Webseite http://arfurt.com/arfurter_bahnhof.htm meint, ein Modell des Bahnhofs stünde im Deutschen Museum in München und vom Bahnhof leite sich der Spitzname ‚*Wellblechhausen*' für Arfurt ab.

Limburg Süd - nur ICEs

Der 2003 fertig gestellte ICE-Bahnhof Limburg Süd ist der einzige deutsche Bahnhof, an welchem nur ICE-Züge halten. Die meisten ICEs brausen allerdings mit bis zu 300 km/h durch (manche halten schon 20 km weiter am zweiten Provinz-ICE Bahnhof Montabaur). Nicht nur deshalb ist Limburg Süd kein Bahnhof, der zum Verweilen einlädt. Im Bahnhof selbst gibt es trotz eingeplanter Gewerbeflächen keine Läden (auf dem Vorplatz jedoch mobile Verkaufsstände) und nicht einmal öffentliche Toiletten (diese gibt es jedoch im Parkhaus, sowie auf dem Vorplatz eine kostenpflichtige Toilettenkabine). Von Limburg Süd fahren zudem keine Züge zum Bahnhof von Limburg, ein zeitweise bestehender Bus-Pendelverkehr zwischen beiden Bahnhöfen wurde wieder eingestellt. Und obwohl der ICE-Bahnhof auf dem Gebiet des Stadtteils Eschhofen liegt, gibt es dorthin keine direkte Straßenverbindung.

12.3 Nordhessen

Kassel-Wilhelmshöhe – der Palast der tausend Winde

Im Jahre 1991 wurde der, im Zuge der Schnellfahrstrecke Hannover-Würzburg neu gebaute Bahnhof Kassel-Wilhelmshöhe in Betrieb genommen. Angesichts zahlreicher Planänderungen von Seiten der Bahn hatte das ursprüngliche Architektenteam den Auftrag zurückgegeben und das Endergebnis war eine unbefriedigende Kombination verschiedener Ansätze. Die Bahnsteige befinden sich in Tieflage und gelten als so zugig, dass der Bahnhof den Spitznamen *'Palast der tausend Winde'* bekam. Auch auf dem Vorplatz ist es zugig, denn dieser befindet sich in der Frischluftschneise der Winde von der Wilhelmshöhe. Die englischsprachige Wikipedia-Seite zum Bahnhof (nicht jedoch die deutsche Version) wartet mit einer Anekdote auf. Als der damalige deutsche Bundespräsident Richard von Weizsäcker (*1920) den Bahnhof im Mai 1991 einweihte, spürte er ein dringendes Bedürfnis, fand aber im unübersichtlichen Bahnhof kein WC. So musste er sich angeblich an einer Wand erleichtern, abgeschirmt von Bodyguards.

Kassel Hauptbahnhof und die Neophyten

Der Hauptbahnhof von Kassel wird seit 1995 als Kulturbahnhof entwickelt und regelmäßig in die Dokumenta einbezogen. Anlässlich der 10. Dokumenta 1997 bepflanzte der österreichische Künstler Lois Weinberger Gleis 1 mit Neophyten. Der Gleisbereich hat ein trockenes und warmes Klima, so dass sich Pflanzen aus dem Süden und von außerhalb Europas (über die Gärten) entlang der Bahnlinien ausbreiteten. Beispiele sind die kanadische Goldrute (Solidago) im Gleisbereich, der aus China kommende Schmetterlingsbusch (Buddleia), der Brachflächen in Großstädten und Bahndämme besiedelt oder der russische Riesenbärenklau (Heracleum Mantegazzianum).

Fulda und die Abspannmasten

Durch Fernpendler (Frankfurt) und gute ICE-Verbindungen hat der Bahnhof von Fulda eine für die Größe der Stadt beachtliche Zahl von 20 000 Reisenden pro Tag. Eine Besonderheit des Bahnhofs ist die Zahl der Abspannmasten der 110-kV-Bahnstromleitung, die entlang der Bahntrasse verläuft. Es sind 30 Abspannmasten, darunter einer als Dachständer auf einem Lagerschuppen. Laut Wikipedia ist dies die größte Zahl hintereinander folgender Abspannmasten in Deutschland, möglicherweise sogar weltweit.

Afrika - über Bebra

Das nordhessische Bebra war einst ein wichtiger Eisenbahnknotenpunkt. Auch nach dem 2. Weltkrieg hatte Bebra noch diese Funktion, denn es wurde Grenzübergangsstation und Kassel wurde über Bebra an den Nord-Südverkehr angeschlossen. In einem beliebten Film der 50er Jahre meinte der Komiker Heinz Erhardt (1909-1979) *„Was, Sie wollen noch bis Afrika? Da müssen Sie aber erst mal in Bebra umsteigen*“. Doch die 1991 eröffnete Neubaustrecke Hannover-Würzburg führte an Bebra vorbei und die Rolle eines Bahnknotens ging verloren.

Eschwege und die 8960 Tage

1985 wurde der Stadtbahnhof der am Ostrand Hessens gelegenen 20 000 Einwohner-Stadt Eschwege stillgelegt. Bahnanschluss bot nunmehr nur noch die weit vom Stadtzentrum gelegene Station Eschwege West. Am 12. Dezember 2009 wurden der Innenstadtbahnhof und die zugehörige Strecke jedoch wieder reaktiviert. Eschweger rechneten aus, dass 8960 bahnlose Tage zu Ende gegangen waren. Das Fahrgastaufkommen verdoppelte sich prompt. Im November 2013 wurde dem erfolgreichen Bahnhof in London sogar der *European Rail Award* verliehen.

13. Rheinland-Pfalz

Bad Ems und der Kaiser

Wilhelm I. (1797-1888), seit 1861 König von Preußen und ab 1871 Deutscher Kaiser, weilte oft zur Kur in Bad Ems. Im 19. Jahrhundert war der Ort ein Weltbad und Sommerresidenz russischer Zaren. Damit die per Bahn anreisenden Monarchen auf dem Bahnsteig nicht im Regen stehen mussten, kam der von seinen Dimensionen bescheidene Bahnhof zu einer Bahnhofshalle - der heute kleinsten Deutschlands.

Ludwigshafen (Rhein) - der einst modernste Bahnhof

Einst galt der 1969 neu errichtete Ludwigshafener Hauptbahnhof (er ersetzte einen Kopfbahnhof) als der modernste Bahnhof Europas. Ludwigshafen wurde nach dem Krieg jedoch vor allem als autogerechte Stadt konzipiert. So überquert eine Autobahn den Bahnhof, der etwas abseits der Innenstadt liegt und zwei aufeinander zulaufende Gleisebenen hat. Doch was einst modern war, wirkt mittlerweile abgenutzt. Zudem wurde innenstadtnäher im Zuge der Rhein-Neckar-S-Bahn ein zentraler gelegener Bahnhof errichtet. Heute gibt es im Hauptbahnhof keinen geöffneten Fahrkartenschalter mehr, keine Sitzgelegenheiten und vor kurzem wurde die letzte Toilette geschlossen. Und so wird der einst modernste immer mehr zum gammeligsten Bahnhof Europas.

Mainz und der Tod des Dichters

Der 1834 geborene britische Dichter Roden Noel starb 1894 als er, per Bahn zu seiner in Stuttgart lebenden Schwägerin reisend, beim Umsteigen im Hauptbahnhof von Mainz einen Herzanfall erlitt. Er ist auf dem Mainzer Hauptfriedhof begraben.

Mainz Hbf und die Kameras

Der Hauptbahnhof von Mainz war der erste deutsche Bahnhof, in welchem eine Fotofahndung erprobt wurde. Hier geht es über mehrere Rolltreppen zu den Gleisen - ideal, um Leute zu filmen. Dabei werden die von einer Kamera aufgenommenen Gesichter vom Computer mit Fahndungsbildern verglichen.

Mainz Hbf

Bahnhof Montabaur

Die ICE-Neubaustrecke Frankfurt-Köln führt auch ein Stück über rheinland-pfälzisches Territorium und dieses Bundesland bestand deshalb auf einen Verkehrshalt, obwohl dort in Streckennähe keine größeren Städte liegen. So kam das beschauliche Montabaur (14 000 Einwohner) zu einem ICE-Halt. Da dort jedoch nicht alle Schnellzüge halten können, ist der Bahnhof von Montabaur gleichzeitig einer von nur vier (die anderen sind Limburg-Süd, der einzige Bahnhof in welchem nur ICEs halten, Allersberg und Kinding) in Deutschland, die mit 300 km/h durchfahren werden können. Der Bahnhof hat dazu verholfen Montabaur zur Stadt mit der höchsten Dichte von Bahncard 100-Besitzern zu machen.

In Montabaur lebt der Internetmilliardär Ralph Dommermuth. Der sicherte sich am Bahnhof Flächen, und trieb die Entwicklung eines Gewerbegebietes voran. Mittlerweile ist am Bahnhof ein Factory Outlet Center zu finden, welches das Bahnhofsumfeld urbaner erscheinen lässt.

Rolandseck und die Kunst

Der Bahnhof von Rolandseck (Ortsteil von Remagen) wurde 1858 eröffnet und hat nicht nur ein repräsentatives Empfangsgebäude, sondern bietet auch einen schönen Blick über Rhein und Siebengebirge. Im 19. Jahrhundert gaben sich hier viele Prominente ein Stelldichein, darunter Kaiser Wilhelm II., die englische Königin Victoria und Bismarck, aber auch Nietzsche, die Gebrüder Grimm und Musiker wie Brahms, Clara Schuman und Liszt. Der französische Dichter Guillaume Apollinnaire und der irische Dramatiker George Bernhard Shaw hielten sich hier nicht nur auf, sondern schrieben auch über den Bahnhof. Keine Verbindung zum Bahnhof hatten dagegen die Bildhauer Hans Arp (1886-1966) und Sophie Taeuber-Arp (1889-1943). Im September 2007 wurde das prächtige Bahnhofsgebäude dennoch Teil des Arp-Museums Bahnhof Rolandseck.

Rheinblick in Rolandseck

14. Saarland

Saarbrücken Hbf - Sonderzug nach Pankow

1983 hatte der Sänger Udo Lindenberg (*1946) einen Überraschungserfolg mit dem Lied „Sonderzug nach Pankow", welches die DDR-Führung (`Honi´) ein bisschen auf die Schippe nahm. Doch diese zeigte überraschend Humor und lud den Sänger zu einem Konzert in die DDR ein. Das Video zum Song drehte Lindenberg im Hauptbahnhof von Saarbrücken. Dieser 1971 fertig gestellte *`Bürogebäuderiegel mit Bahnhofsfunktion´* galt damals mit seinen braunen Fliesen noch als modern, hätte aber auch in der DDR stehen können. Honecker stammte übrigens aus dem Saarland. Nach der Jahrtausendwende galt die Innengestaltung des Bahnhofs nicht mehr als zeitgemäß und im Jahre 2007 wurde er im Zuge der Eröffnung der ostfranzösischen TGV-Neubaustrecke unter dem Arbeitstitel `Euro-Bahnhof´ modernisiert.

☞ Der österreichische Schriftsteller Joseph Roth (1894-1939) schrieb einst: ‚*Saarbrücken ist der traurigste Bahnhof, aus dem ich je ausgestiegen bin.*' Da war er wahrscheinlich noch nicht in Völklingen gewesen.

Völklingen - Apokalypse Now

Die saarländische Industriestadt Völklingen hat den Ruf, ‚hässlichste Stadt Deutschlands' zu sein. Der Niedergang vor allem der Innenstadt zeigt sich bereits am Bahnhof. Der Saarländer Peter Gitzinger führte den Bahnhofsvorplatz in seinem 2010 erschienen Buch ‚*111 Orte im Saarland, die man gesehen haben muss*' .Während man von der Bahnhofsrückseite freien Blick auf das rostige ehemalige Stahlwerk Völklinger Hütte hat, immerhin in seiner bizarren Anmutung mittlerweile auf der UNESCO-Liste des Weltkulturerbes, packt einen auf der Vorderseite nach Ansicht Gitzingers ‚*das nackte Grausen*', die beiden Betontrassen der Südtangente verbreiteten ‚*eine Atmosphäre, wie man sie sonst nur aus postapokalyptischen Horrorszenarien kennt*'.

Losheim am See und das Bahnpostmuseum

Nach dem Ersten Weltkrieg wurde das an der Bahnstrecke Merzig (Saar)-Büschfeld gelegene Losheim als Teil des vom übrigen Deutschland abgetrennten Saargebietes Grenzbahnhof zur preußischen Rheinprovinz mit eigenem Zollamt. Nach dem Zweiten Weltkrieg führten die schwachen Fahrgastzahlen jedoch zu einer stückweisen Stilllegung, der Personenverkehr wurde im Mai 1962 dann ganz eingestellt. 1987 wurde auch der Güterverkehr eingestellt, doch wurde dieser im Jahre 2007 durch die Nachfrage einer holzverarbeitenden Firma auf einer Teilstrecke wiedereingeführt. Seit 1982 gibt es zudem Museumsbahnverkehr und ein Bahnmuseum im Bahnhof Losheim am See. Als die Deutsche Bahn 1997 den Bahnpostverkehr einstellte, beschloss die Arbeitsgemeinschaft Bahnpost, ein Kreis von Sammlern und Bahnpostfahrern, 3 Bahnpostwagen zu erwerben und in Losheim am See abzustellen. So kam der Bahnhof zum einzigen Bahnpostmuseum Deutschlands. Jedes Jahr am zweiten Augustwochenende findet dort für alle Freunde der Bahnpost ein Bahnpostfest statt.

Beckingen und die Einschusslöcher

2009 bis 2010 wurde das Empfangsgebäude des an der Moselstrecke Trier-Saarbrücken gelegenen Bahnhofs Beckingen zu einem Kultur- und Naturbahnhof umgebaut.
Das 1868 in neogotischem Stil erbaute Bahnhofsgebäude kann eine Renovierung denn auch dringend gebrauchen. Bei Sanierungsbeginn waren noch über aus dem Zweiten Weltkrieg stammende Einschusslöcher zu sehen. Der im Weltkrieg zerstörte 20 m hohe Bahnhofsturm, der den Bahnhofstürmen des alten Saarbrücker Hauptbahnhofs ähnelte, wurde im Zuge der Baumaßnahmen wiedererrichtet.

Bahnhof Bexbach und die 111 Orte

Der Saarländer Peter Gitzinger führt in seinem Buch `111 Orte im Saarland, die man gesehen haben muss´ als einzige Bahnstation den Bahnhof von Bexbach auf. Er begründet dies damit, dass Bexbach das älteste erhaltene Bahnhofsgebäude des Saarlandes ist. Als es 1849 errichtete wurde, war Bexbach Grenzbahnhof zwischen Bayern (zu welchem damals die Pfalz gehörte) und Preußen. Später behielt der Bahnhof seine strategische Bedeutung, denn er war Aufmarschgebiet für den Deutsch-Französischen Krieg von 1870/71 und auch im Ersten Weltkrieg wurden hier Truppenzüge be- und entladen.

15. Baden-Württemberg

15.1 Baden

Die Kuckucksuhr

Mitte des 19. Jahrhunderts war die Schwarzwälder Kuckucksuhrenindustrie, teilweise durch Billigimporte aus Amerika, in die Krise geraten. Robert Gerwig (1820-1885), Direktor der Großherzoglich Badischen Uhrmacherschule in Furtwangen, schrieb deshalb einen Wettbewerb für ein zeitgemäßes Design aus. Der vielseitige Gerwig wurde später übrigens zu einem wichtigen Eisenbahningenieur, der u.a. die Schwarzwaldbahn, die Höllentalbahn und die Nordrampe der Gotthardroute projektierte.
Gewonnen wurde dieser Wettbewerb dann durch den Bahnhofsarchitekten Friedrich Eisenlohr (1805-1854), auf den die ersten Empfangsgebäude vieler Stationen im Badischen zwischen Offenburg und Freiburg zurückgehen. Eisenlohr hatte auch Bahnwärterhäuschen mit hervortretenden Dächern konzipiert, die sich an das Schwarzwälder Bauernhaus anlehnten. Mit einer Uhr in Form eines „Bahnhäusle“ setzte er sich schließlich auch im Wettbewerb durch. Die „Bahnhäusleuhr“, noch heute das Grundmodell der Kuckucksuhr, verhalf der Schwarzwälder Uhrenindustrie schließlich aus der Krise und zu einem dauerhaften Exporterfolg.

Heidelberg und die erste Bahnhofsbuchhandlung

Heidelberg hat einen in den fünfziger Jahren neu errichteten Hauptbahnhof. Dieser ersetzte aber nicht einen im Krieg zerstörten Bahnhof, sondern übernahm die Funktion des wichtigsten Bahnhofs der Stadt von einer kleineren, näher an der Innenstadt gelegenen Station. In diesem ersten Heidelberger Bahnhof wurde im Jahre 1854 die erste deutsche Bahnhofsbuchhandlung gegründet. Ein weit gereister Schwager hatte dem Heidelberger Universitätsbuchhändler Carl Schmitt erzählt, dass es in der Londoner Euston Station seit 1848 einen Verkaufsstand für Zeitungen und seit 1853 in Paris Bahnhofsbuchhandlungen der Firma Hachette gab. Die Heidelberger Buchhändler rümpften allerdings die Nase über Schmitts Entscheidung, Bücher in einem Bahnhof zu verkaufen. Noch heute gibt es im Heidelberger Hauptbahnhof eine Karl Schmitt-Buchhandlung. Die Karl Schmitt-Kette steht heute nach Umsatz an vierter Stelle der Bahnhofsbuchhandlungen in Deutschland.

Pforzheim Hbf - der Goldstadt-Bahnhof

Im Februar 1945 fielen aus 370 britischen Kampfflugzeugen 28 000 Zentner Spreng- und Brandbomben auf die Schmuckstadt Pforzheim, in der Rüstungsindustrie vermutet wurde (Zünder und Präzisionsinstrumente). Als Folge davon raste ein Hitzesturm durch die Stadt. Sogar im 60 Kilometer entfernten Tübingen war der glutrot gefärbte Himmel zu sehen. Verbranntes Briefpapier aus Pforzheim wurde bis nach Stuttgart und zum Bodensee geweht. Neun Tage lang brannte die Stadt, 20 000 Menschen starben und 98% der Gebäude des inneren Stadtgebietes wurden zerstört, mehr als in jeder anderen deutschen Stadt. Während die Trümmer eines architektonisch einst schönen Pforzheims im Berg begraben sind, wurde in den fünfziger Jahren die Stadt in zweckmäßigem, aber gesichtslosem Stil wiederaufgebaut. Als die Bahn plante, den alten zerstörten Bahnhof durch einen möglichst bescheidenen Neubau zu ersetzen, war es vielen Pforzheimern doch arg, dass ihre Stadt architektonisch so abgestiegen sein sollte und es kam zum „*Pforzheimer Bahnhofskrieg*“. Schließlich fanden Bundesbahn und Stadt einen Kompromiss. Der Architekt Conradi entwarf einen modernen, durch seine Glasfront eleganten Bahnhof. In der Eingangshalle wurde eine Metallplastik des Künstlers Joseph

Karl Huber zum Thema `Goldstadt an der Schwarzwaldpforte´ angebracht. Das Vordach aus Stahl wurde mit goldeloxierten Platten verkleidet, in welchem 36 eingelassene Leuchten einen künstlichen Himmel erzeugten. Die Lokalpresse jubelte „Ein Bahnhof mit goldenem Dach". Und so konnten die Pforzheimer den Schmerz über den Verlust des Stadtbildes zumindest an dieser Stelle ein wenig lindern.

Mannheim - die Erfinderstadt

Neben Stuttgart (Daimler) reklamiert Mannheim, die Quadratestadt, die Erfindung des Autos für sich. Der Mannheimer Carl Benz war mit seinem Gefährt ein paar Monate früher dran als Daimler - jedoch hatte es nur 3 Räder. Das Zweirad wiederum wurde vom Karlsruher Drais ebenfalls in Mannheim erfunden (und zusätzlich der Traktor durch Lanz). Heute befindet sich in der Nähe des Mannheimer Hauptbahnhofes eine große Fahrradstation. Der Badener Benz und der Schwabe Daimler sind sich übrigens nie begegnet. Heute hätten sie es leichter. Denn im Jahre 1987 wurde die Neubaustrecke Stuttgart - Mannheim eröffnet. Die Satirezeitschrift Titanic fragte sich bei diesem Anlass. „*Über 4 Milliarden DM investiert, nur um 40 Minuten früher in Mannheim zu sein? Dasselbe hätte man ohne Kosten erreichen können, indem man die Züge 40 Minuten früher losfahren ließe.*"

Das Karlsruher Modell

Aber auch Karlsruhe hat Verkehrsgeschichte geschrieben und das hängt mit der Bahn zusammen. Karlsruhe hat einen gut erhaltenen Jugendstil-Bahnhof, der 1913 eröffnet wurde. Aber nicht die Architektur dieses eher unauffälligen Bahnhofs (einst *Villa Duckdich* genannt) ist das Besondere, sondern das Karlsruher S-Bahn-System, das von anderen Städten als „Karlsruher Modell" kopiert wird. Karlsruhe war Pionier in der Verknüpfung von städtischen Straßenbahnlinien mit dem Eisenbahnnetz des Umlandes. Treibende Kraft war der ehemalige Leiter der Verkehrsbetriebe, Dieter Ludwig. Er erzählt die Anekdote eines alten Mütterleins, das ihm einen Euro in die Hand drückte aus Dankbarkeit darüber, wo sie jetzt überall hinfahren könne.

Konstanz und der Bodensee

Der Bahnhof von Konstanz liegt mit seinen Zulaufstrecken zwischen Altstadt und See. Wie hatte man am dicht bebauten Ufer Platz für die Bahn gefunden? Man gewann, wie in Lindau, Land durch Aufschüttung des Sees. Und so wirkt der Bahnhofsturm in Konstanz fast wie ein Leuchtturm, den es ja im Lindauer Hafen gibt.

Baden-Baden und die Oper

Die noble Kurstadt Baden-Baden hat einen Durchgangsbahnhof im Stadtteil Oos (8000 Reisende/Tag). Zusätzlich gab es einst einen repräsentativen Bahnhof in der Innenstadt. Aus dieser Station fuhren allerdings 1977 die letzten Züge ab. Dann diente sie einige Jahre als Kasino bis 1998 das klotzartige Festspielhaus hinter dem Bahnhof eröffnet wurde. Seither dient das Empfangsgebäude als Entree zum Festspielhaus.

Rheinfelden (Baden) - auf der falschen Seite?

Wenn man im Bahnhof von Rheinfelden (Baden) aussteigt, hat man das Gefühl, das Empfangsgebäude befände sich auf der falschen Seite der Gleise. Es liegt auf der Südseite zum Rhein hin, die Innenstadt befindet sich jedoch auf der Nordseite. Der Grund dafür ist überraschend. Als der Bahnhof gebaut wurde, gab es ein badisches Rheinfelden noch gar nicht. Der Bahnhof wurde vielmehr in Hinblick auf das Fahrgastpotential im schweizerischen Rheinfelden, welches auf der anderen Rheinseite liegt, gebaut. Als es die Bahnstation dann gab, zog sie auf der badischen Seite wirtschaftliche Aktivitäten an und im Lauf der Jahrzehnte bildete sich am Bahnhof ein entsprechender Ort, weil vor allem nördlich der Gleise Baufläche vorhanden war, jedoch, vom Empfangsgebäude gesehen, auf der falschen Seite.

Kehl und die Gedenktafel

Der Grenzbahnhof Kehl war in den 1930er Jahren eine wichtige Station ins rettende Exil. An zwei Dichter und Denker, die von hier das Deutsche Reich per Eisenbahn verließen, wird mit einer Gedenktafel im Bahnhof erinnert: Heinrich Mann (22. Februar 1933) und Sigmund Freud (5. Juni 1938), der nach dem Anschluss Österreichs nach London ins Exil ging.

Radolfzell und der schönste Wartesaal

Der Radolfzeller Bahnhof hat keinen richtigen Wartesaal. Und dennoch rühmt sich die Bodenseestadt, den *‚schönsten Wartesaal Deutschlands*‘ zu haben. So nannte der schwäbische Schriftsteller Ludwig Finckh (1876-1964) nämlich den in Bahnhofsnähe gelegenen Radolfzeller Stadtgarten.

Orschweier und die Bahnrevolution

Am 23. September 2008 wurde am Bahnhof von Orschweier eine Gedenktafel enthüllt. Diese erinnert an die Orschweierer Bahnrevolte, die genau 160 Jahre vorher stattgefunden hatte. Während der Badener Revolution von 1848/49 hatten damals Orschweier Bürger Zuggleise zerstört. Baden war damals, von Frankreich beeinflusst, demokratischer Vorreiter in Deutschland. Revolutionäre hatten in Lörrach die Republik ausgerufen und die Orschweier zerstörten die Gleise und eine Bahnbrücke, damit nordbadische Truppen nicht schnell bis Lörrach durchkommen konnten. Der Truppentransport wurde aufgehalten, doch Pioniere setzten die Strecke instand und die Revolution konnte niedergeschlagen werden.

Stuttgart Hbf - die Basilika

Der von Paul Bonatz entworfene, 1922 eröffnete Stuttgarter Hauptbahnhof mit seiner Muschelkalkfassade hat teilweise, besonders im Ausgangsbereich, die Atmosphäre einer Basilika. Der russische Schriftsteller Ilja Ehrenburg (1891-1967), der hier 1922 Station machte, bezeichnete ihn als *‚Tempel eines unbekannten Kultes‘*. Der Eingang zum Intercity-Hotel im Bahnhof erinnert an eine Sakristeitür. Das Vorgängerhotel wurde 1927 übrigens als erstes Hotel in einem deutschen Bahnhof eröffnet. Der Hauptbahnhof liegt relativ zentrumsnah. Er ist allerdings schon die dritte Stuttgarter Bahnstation. Und jedes Mal rückte der Bahnhof ein Stückchen weiter aus der Innenstadt. Mit dem umstrittenen Projekt Stuttgart 21, dessen Fertigstellung noch nicht absehbar ist (2025?) rückt der Bahnhof wieder ein bisschen weg, diesmal in die Tiefe, um zum Durchgangsbahnhof zu werden. Das heutige denkmalgeschützte Gebäude, wird aber bestehen bleiben. Auf seinem Turm dreht sich, weit sichtbar, der Mercedes-Stern. Ein Zeichen auch dafür, dass Stuttgart eine Autostadt ist, denn hier wurden der vierrädrige PKW, der LKW und das Motorrad (sowie das Taxameter und die Zündkerze) erfunden und namhafte Autohersteller sitzen hier.

Plochingen und der Käsewaggon

1894 stürzte in Plochingen, heute wichtige Stuttgarter S-Bahnstation, ein mit Käslaiben beladener Güterzug um. Sparsam wie sie als Schwaben halt sind, nahmen sich die Plochinger umgehend der Ladung an. Seither haben die Plochinger die Spitznamen *Käsloibla*, *Käsmichl* oder auch *Käsräuber*.

Esslingen

Esslingen war am Ende des 19. Jahrhunderts die nach Stuttgart, Ulm und Heilbronn viertgrößte Stadt Württembergs (bis 1965 Eßlingen geschrieben) und sollte einen entsprechend repräsentativen Bahnhofsbau bekommen. Er wurde bis 1883 im Stil der italienischen Renaissance errichtet. Das zentrale Eingangsportal erinnert an einen italienischen Triumphbogen. An diesem prächtigen Bahnhof halten heute allerdings nur noch Regionalzüge und S-Bahnen.

☞ Zu Esslingen gibt es folgenden Eisenbahnerwitz. Zu Zeiten der KPEV, der Königlich Preußischen Eisenbahnverwaltung kommt ein Schwabe in Hannover an den Fahrkartenschalter. „*I mecht a Billet auf Esslenga, bitte*!" Darauf der Schalterbeamte: "*Auf Esslenga haben wir hier nicht, hier gibt es nur Fahrkarten NACH Eßlingen*". Darauf der Schwabe schulterzuckend: „*No gebet se mir ebe dia von Ploechenga, ka kja zurücklaufa.*"

Bertold Brecht - made in Pfullingen (Bahnhof)

Bertold Brecht wurde am 10. Februar 1898 in Augsburg geboren. Doch auch die württembergische Stadt Pfullingen reklamiert den Schriftsteller für sich - mit dem Spruch ‚Bertold Brecht - made in Pfullingen'. Denn Brechts Eltern, Berthold Friedrich Brecht und Wilhelmine Sophie Brezing schlossen am 15. Mai auf dem Pfullinger Standesamt den Bund der Ehe. Der Vater der Braut war Vorsteher des Pfullinger Bahnhofs. So feierte man die Hochzeit im Bahnhofsgebäude und das junge Paar verbrachte in der Bahnhofswohnung des Schwiegervaters die Hochzeitsnacht. 9 Monate später kam Brecht in Augsburg zur Welt. Gezeugt wurde er aber in Pfullingen (Bahnhof).

Reutlingen und List

Der Ökonom, Vorkämpfer für die Zollunion und Eisenbahnpionier Friedrich List wurde 1789 im schwäbischen Reutlingen geboren, 1846 starb er durch Selbstmord in Kufstein. Posthum wurden ihm viele Ehrungen zuteil. Etliche Straßen sind nach ihm benannt, Briefmarken wurden zu seinem 200. Geburtstag herausgegeben und etliche Denkmäler erstellt. Der Initiator der Eisenbahn Leipzig-Dresden ist im Leipziger Hauptbahnhof durch eine Büste und am Friedrich List-Platz beim Dresdner Hauptbahnhof durch ein Denkmal gewürdigt. In Kufstein erinnert an ihn ein großes Marmordenkmal. In seiner Geburtsstadt Reutlingen ehrt ihn ein Bronzestandbild am Bahnhofsplatz, die erste eigenständige Arbeit (1854) des Bildhauers Gustav Adolph Kietz (1824-1908).

Die Spätzleshaltestelle

Trochtelfingen liegt auf der Schwäbischen Alb (unweit von Burladingen) und ist Sitz des Teigwarenherstellers *Alb-Gold*, der für seine ‚*Original schwäbischen Spätzle*' bekannt ist. Am Kundenzentrum von Alb Gold, welches vor den Toren der Stadt liegt, führt eine Bahnlinie vorbei. Am 25. März 2006 wurde dort die Station ‚Trochtelfingen Alb-Gold' in Betrieb genommen. Bald hatte sie den Spitznamen ‚Spätzleshaltestelle'.

Killer und Peitschen

Auf der Schwäbischen Alb gibt es einen Bahnhof, an dessen Fassade die Lettern ‚Killer' angebracht sind. Und damit nicht genug, in den Räumen des Empfangsgebäudes findet sich auch noch ein Peitschenmuseum. Killer ist der Name eines schwäbischen Dorfes, welches heute zu Burladingen gehört und noch heute von der Hohenzollerischen Landesbahn bedient wird. Diese benötigte allerdings im Ort kein Empfangsgebäude mehr; so wurde 1993 im Bahnhof ein

Peitschenmuseum eingerichtet. Das raue Klima der Alb und die Enge des Tales machte die Landwirtschaft in Killer nicht sehr ertragreich. Auf der Suche nach einem Nebenerwerb spezialisierte sich die Bevölkerung auf die Peitschenproduktion. Als Pferde noch eine wichtige Transportfunktion hatten, wurden im Ort 5000 Peitschen pro Tag produziert, die Hälfte aller Peitschen in Deutschland kam damals aus Killer.

Altbach und der Peoplemover

Das bei Tübingen gelegene Pfullingen ist Verkehrsplanern als Stadt des Fußgängerüberweg-Systems Peoplemover bekannt, ein Straßen überquerendes Aufzugssystem, das sich allerdings nicht so recht durchsetzen will und mittlerweile in Pfullingen stillgelegt wurde.
Immerhin wurde am 19. Dezember 2006 im an der Filstalbahn Stuttgart-Ulm gelegenen Bahnhof Altbach (Kreis Esslingen) der erste Peoplemover, welcher Bahngleise überquert, eingerichtet. Der Bürgermeister des Ortes hatte anlässlich der Einweihung für das Aufzugssystem den schwäbischer klingenden Begriff ‚*Leutelupfer*' kreiert. Die gemächliche Fahrt der Aufzugskabine in der horizontalen missbrauchten manche Nutzer allerdings dazu, sich zu erleichtern. So war der Leutelupfer schon bald nach Inbetriebnahme durch eine gewisse Duftnote gekennzeichnet.

Biberach an der Riß

Biberach liegt an der Riß und weil der Dichter Christoph Martin Wieland (1733-1813) hier lebte, wird die Stadt auch Riß-Athen genannt. Gelegentlich wird der Fluss, nicht ganz korrekt, auch mit zwei ss geschrieben. Die Bahn ist sich hier der richtigen Schreibweise nicht ganz schlüssig, denn auf dem Haupt-Empfangsgebäude von Biberach steht in Klammern Riß, auf einem Nebengebäude dagegen Riss.

Heilbronn Hbf und Joseph Beuys

Im Frühling 2016 besuchte ich in der Kunsthalle Vogelmann in Heilbronn die Ausstellung `Joseph Beuys und Italien´. Was ich damals nicht wusste: Joseph Beuys´ erste Kunstaktion fand 1945 im Heilbronner Hauptbahnhof statt. Joseph Beuys (1921-1986) kam nach dem Ende des Zweiten Weltkrieges als heimkehrender Soldat abends am Heilbronner Hauptbahnhof an. Hier sollte ihm ein Beamter die für die Weiterfahrt benötigten Papiere aushändigen. Doch der weigerte sich und so hätte Beuys im Wartesaal des zerstörten Bahnhofs übernachten müssen. Beuys versetzte dem Beamten einen Faustschlag und schaltete im Bahnhof den Hauptstrom ab. Im dadurch ausgelösten Chaos gelang es Beuys, die benötigten Papiere zu entwenden und die Fahrt fortzusetzen. Beuys bezeichnete die Tat später als *Aktion Hauptstrom*, seine erste Kunstaktion, und darauf bezieht sich auch sein Ausspruch `*Die Mysterien finden im Hauptbahnhof statt*´. Heute nutzen den Heilbronner Hauptbahnhof täglich etwa 12 000 Personen. Das Fehlen von Fernzughalten wird jedoch von der Stadt bedauert. Zur Bundesgartenschau 2019 hielten hier allerdings einzelne Intercity-Expresszüge und wegen der Sperrung der Schnellfahrstrecke Stuttgart-Mannheim von April-Oktober 2020 wird es in dieser Zeit zu weiteren ICE bzw. IC-Halten kommen.

Öhringen Hauptbahnhof

Als Öhringen im Dezember 2005 an die Stadtbahn Karlsruhe-Heilbronn angebunden wurde gab es in der Stadt plötzlich drei Schienenhaltepunkte. Deshalb stellte die Stadt den Antrag, den ehemals einzigen Bahnhof in Hauptbahnhof umzubenennen. Im Dezember 2008 wurde dies Wirklichkeit und die Kleinstadt (23 000 Einwohner) hatte ihren Hauptbahnhof. So wichtig, wie er klingt, scheint er nicht zu sein, denn im Sommer desselben Jahres informierte die DB die Stadt, dass sie diesen Bahnhof verkaufen möchte.

Der Bahnhof und der Attentäter

Neben dem Bahnsteig von Gleis 2 (Züge Richtung Ulm) des Bahnhofs der ostwürttembergischen Stadt Königsbronn steht ein Stahldenkmal eines Mannes, der am 5. August 1939 von hier mit dem Zug nach München fuhr, jedoch nie mehr in seine Stadt zurückkehrte. Das Denkmal erinnert an Georg Elser (1903-1945), der von hier abreiste, um in München ein Attentat auf Hitler vorzubereiten.
Hitler sollte am 9. November 1939 abends im Bürgerbräukeller eine Rede halten sollte und in einer Säule am Rednerpult, die er in nächtlicher Kleinarbeit ausgehöhlt hatte, deponierte Elser eine Zeitbombe. Diese detonierte am 8.11. genau wie geplant um 21:20, 8 Menschen starben. Doch Hitler, der zu dieser Zeit eigentlich noch sprechen sollte, war nicht darunter. Er hatte bereits früher den Saal verlassen, da er wegen schlechten Wetters mit dem Zug statt mit dem Flugzeug nach Berlin zurückreisen musste. Wäre das Attentat erfolgreich gewesen, wäre die Weltgeschichte anders verlaufen und vielleicht der Tod von Millionen Menschen im Weltkrieg verhindert worden. Georg Elser wurde wenige Zeit später, beim Versuch in die Schweiz zu flüchten, an der Grenze in Konstanz festgenommen. Im April 1945, kurz vor Ende des Zweiten Weltkriegs, wurde Elser im KZ Dachau durch einen Genickschuss hingerichtet. Nach dem Krieg wurden zahlreiche Plätze und Straßen nach Elser benannt. Im Mai 2009 begann der Künstler Friedrich Frankowitsch mit den Arbeiten zu einem Elsnerdenkmal, welches allerdings nicht mehr zum 70. Jahrestag des Anschlags fertig wurde. Es wurde schließlich im April 2010 am Bahnhof Königsbronn aufgestellt. Zu den künstlerischen Freiheiten, welche sich Frankowitsch genommen hat, gehören eine Aktentasche aus der Dynamit lugt. Elser reise jedoch mit einer Truhe und ohne Dynamit nach München. Außerdem zeigt die Statue an jeder Hand 5 Finger, Elser hatte jedoch an der rechten Hand nur vier.

Bad Saulgau und der Kleberexpress

Am Bahnhof des oberschwäbischen Kurortes Bad Saulgau steht das traditionsreiche Hotel *Kleber-Post*. Hier wurden schon zu Zeiten von Thurn & Taxis die Pferde gewechselt. Das Hotel wurde bis in die 11. Generation von der Familie Kleber betrieben und die letzten Generationen waren große Bahnfreunde. Schon 1937 wandte sich Fritz Kleber an die Reichsbahn, um eine über Bad Saulgau verlaufende Eilzugverbindung von München nach Freiburg zu schaffen. Die Bahn willigte ein, doch der Anschluss Österreichs im Jahr 1938 führte zu neuen Prioritäten. Schließlich erreichte 1954 sein Sohn Herman Kleber, dass ein Eilzugpaar München-Freiburg eingerichtet wurde. Der 1947 geborene Enkel Andreas Kleber wurde ebenfalls zum Bahnfan, er legte sogar eine Prüfung zum Triebfahrzeugführer ab. Zur Küchenmeisterprüfung kam er allerdings zu spät, da die Lok einen Zylinderschaden hatte. Doch weil er selbst Hand anlegen konnte, kam er doch noch ans Ziel. Am 10. Oktober 1980 schließlich diente der Eilzug von Saulgau nach Kißlegg Andreas Kleber und seiner Verlobten als `IC Johanna Kleber´ als Hochzeitszug. Kleber begrüßte in Saulgau nicht nur jeden Eilzug am Bahnhof, er ließ sich auch Spezialitäten aus München per Eilzug zu seinem Hotel bringen. Doch bereits seit den späten 70er Jahren gab es wegen wachsender DB-Defizite Pläne, die Bahnstrecke Herbertingen-Kißlegg, an welcher Saulgau liegt, stillzulegen. Mit einem guten Draht zur DB-Direktion und viel Engagement gelang es Kleber immer wieder, seinen Zug zu retten. Schließlich wurde dieser sogar im Kursbuch offiziell als `Kleber-Express´ geführt. Doch im Jahr 2000 muss Kleber sein Hotel wegen Zahlungsschwierigkeiten aufgeben. Und 2003 wird auch der Kleber-Express eingestellt. Kleber führte später ein Hotel in Bad Herrenalb. Was dem Bahnfan Kleber die Wahl erleichtert haben dürfte: das Hotel verfügt über eine eigene Bergbahn.

Leutkirchs Bürgerbahnhof

Im April 2012 wurde der Leutkircher Bahnhof nach einer Sanierung als Bürgerbahnhof eröffnet und der Öffentlichkeit übergeben. In Anerkennung dessen kürte die Denkmalstiftung Baden-Württemberg den 1889 erbauten Bahnhof zum Denkmal des Monats. Mehr als zwei Millionen Euro waren in die Sanierung des Bahnhofs gesteckt worden, gut die die Hälfte davon durch bürgerschaftliches Engagement aufgebracht. Denn die Stadt, die den Bahnhof im Jahr 1998 für 230 000 Euro von der Bahn übernommen hatte, konnte die Sanierungskosten alleine nicht stemmen. Der engagierte Leutkircher Christian Skrodzki erkannte jedoch den architektonischen Wert des Bahnhofs, und gründete eine Genossenschaft, um Geld für Umbau und Sanierung zu sammeln. Man hoffte, die Leutkircher zu bewegen, 1000 Anteile zu jeweils 1000 Euro zu zeichnen, um eine Million aufzubringen. Die Anteile verkauften sich jedoch schneller als erwartet und schließlich musste man sogar 111 weitere Anteile ausgeben, um die Nachfrage zu befriedigen. Bald ließen sich Fernsehteams und Minister im Bahnhof blicken und das Projekt wurde mit mehreren Auszeichnungen bedacht.

16. Bayern

16.1 Mittelfranken

Nürnberg Hbf und das Denkmal

Nürnberg war die erste deutsche Stadt mit Bahnverkehr (die Strecke Nürnberg-Fürth wurde 1835 eröffnet) und lag auch an der ersten staatlichen bayerischen Fernstrecke, der Ludwigsbahn von Hof nach Lindau. Nur hatte Nürnberg lange keinen repräsentativen Bahnhof. Der Bürgermeister Schuh sprach deshalb beim Prinzregenten Luitpold von Bayern (1821-1912) vor: *„Königliche Hoheit, wir hamm jetzt ein Denkmal von Ihnen gebaut, dazu bräuchten wir halt einen neuen Bahnhof"*. Das Projekt wurde genehmigt. Die Architektur des Bahnhofs wurde ursprünglich eher abgelehnt, denn statt einer Sandsteinfassade wie in Nürnberg üblich, zeigt er eine solche aus Muschelkalk und auch der Neorenaissance-Stil war nicht jedermanns Sache.
Als im Dritten Reich Nürnberg zur `Stadt der Reichsparteitage´ wurde, schmolzen die Nazis die Reiterfigur von Prinzregent Luitpold jedoch wieder ein. Stattdessen stand eine Litfaßsäule vor dem Bahnhofseingang, die heute noch dort zu sehen ist und mittlerweile altertümlich wirkt. Unter dem Bahnhof befindet sich nämlich ein Bunker, der im 2. Weltkrieg vielen Nürnbergern das Leben gerettet hat. In der Litfaßsäule verbirgt sich dessen Abluftrohr.

Fürths Ludwigsbahnhof

Neben Nürnberg war Fürth 1835 die erste deutsche Stadt mit einem Bahnhof. 1885/86 wurde das bescheidene Gebäude des Ludwigsbahnhofs durch einen repräsentativeren Bahnhof ersetzt. Dieser nach der Ludwigseisenbahn benannte Bahnhof wurde von den Nazis 1938 abgerissen, um Raum für einen Aufmarschplatz zu schaffen, der auch militärstrategische Bedeutung haben sollte (Platz für

Luftabwehrgeschütze). Anlässlich des 175. Bahnjubiläums im Jahre 2010 wurde der Bahnhof als Modell (mit der Bahnhofsfassade bedruckte Planen auf einem Gerüst) im Maßstab 1: 1,5 auf der Fürther Freiheit wiedererrichtet. Bereits nach zwei Wochen wurde die Attrappe wieder abgebaut.

Links und rechts der Pegnitz

Von Nürnberg nach Osten gibt es zwei parallel verlaufende Bahnstrecken. Die Strecke links (südlich) der Pegnitz wurde 1859 von der privaten bayerischen Ostbahn als Verbindung Nürnberg-Regensburg über Amberg eröffnet. Die Staatsbahnstrecke rechts der Pegnitz stellte ab 1877 die Verbindung nach Bayreuth her. Orte wie Lauf und Hersbruck kamen so zu Bahnhöfen links und rechts des Flusses. Die Bahnhöfe der Ostbahn hatten Satteldächer und zwei Geschosse, die von der Staatsbahn 20 Jahre später erbauten Stationen rechts der Pegnitz flache Walmdächer, Sandsteinfassaden und drei Geschosse. Das mittlere Geschoss hat dabei kleinere Fenster: es war als Wohnung für Bahnhofsdiener und -helfer vorgesehen. Hinter größeren Fenstern wohnte dagegen im obersten Stock der Bahnhofsvorsteher. Bahnhöfe wie die von Pegnitz und Rupprechtstegen zeigen dies noch heute.

Erlangen-Zollhaus und die Seekuh

Eine ‚Sekundärbahn‘ (Nebenbahn) verband bis 1963 Erlangen mit Neunkirchen am Brand (bis 1961 ging die Linie bis zum Ort Eschenau weiter). Diese Bahnlinie wurde im Volksmund auch Seku bzw. Seekuh genannt. Zur Entstehungsgeschichte dieses Spitznamens gibt es folgende Anekdote: am innerstädtischen Haltepunkt Erlangen-Zollhaus gab es einst eine Bahnhofsrestauration. Ein Maler wurde mit der Aufschrift nicht fertig, als ihn der Feierabend einholte. So waren übers Wochenende an der Fassade die Lettern

‚*Restaurant zur Seku*‘ zu lesen. Studenten die vorbeikamen gaben der Bahnlinie darauf prompt den Spitznamen ‚Seekuh‘.

Der Kabarettist und der Hauptbahnhof

Der überzeugte Erlanger und Kabarettist Klaus Karl-Kraus (*1951) ärgerte sich, dass seine Heimatstadt keinen Hauptbahnhof hat. ‚*Bahnhof klingt doch ganz schee bleed*‘ argumentierte er auf fränkisch. Nach jeder Vorstellung sammelte er Unterschriften für die Umbenennung und schickte sie schließlich Ende 2005 an den damaligen Bahnchef Hartmut Mehdorn. Am 14. Dezember 2005 verkündete Kraus, dass Mehdorn (1999-2009 Vorstandsvorsitzender der DB AG) das Schreiben wohlwollend zur Kenntnis genommen hatte und den Zusatz ‚Haupt‘ in Aussicht gestellt hatte. Das war zu optimistisch gedacht, denn, denn die Bahn hat nichts unternommen, die Station umzubenennen. Allerdings wird die Bushaltestelle am Bahnhof von den Verkehrsbetrieben Großraum Nürnberg mittlerweile Hauptbahnhof genannt.

Treuchtlingen und der Bombentreffer

In der Unterführung des Bahnhofs von Treuchtlingen erinnert eine Marmortafel an eine der größten Kriegstragödien der Bahn. Am 23. Februar 1945, als gerade ein Fronturlauberzug im Bahnhof hielt, erfolgte ein Luftangriff der Alliierten. Die Passagiere flüchteten in die Bahnsteigunterführung. Doch gerade dort schlug eine Bombe ein. In der Unterführung starben 300 Menschen, im Bahnhof und seiner Umgebung insgesamt fast 600.

☞ Als man das Holzkreuz auf dem Dach der 1934 erbauten Marienkirche, die unweit vom Bahnhof liegt, Anfang der 1990er Jahre abnahm, um es durch ein neues zu ersetzen, fand man das alte Kreuz noch mit Bombensplittern und Geschosskugeln gespickt.

Hof - der geteilte Bahnhof

1880 wurde der zu klein gewordene Kopfbahnhof in der Stadtmitte von Hof durch einen Durchgangsbahnhof ersetzt. Die Einstiegshalle des 1848 erbauten Alten Bahnhofs, im Stil einer dreischiffigen Basilika errichtet, ist (verkürzt) noch heute erhalten. Der neue Bahnhof wurde symmetrisch angelegt mit einem sächsischen Teil im Norden und einem bayerischen Teil im Süden, denn Hof war Grenzbahnhof der Königreiche Sachsen und Bayern. In der Mitte des Bahnhofsgebäudes wurde ein prachtvoller Königssaal für ein Treffen der Repräsentanten beider Länder angelegt. Die Könige von Bayern und Sachsen trafen sich hier jedoch nie. Später wurde dieser Gebäudeteil als Bahnhofsrestaurant genutzt. Heute befindet sich hier zusätzlich Bahnhofsbuchhandel. Das Bahnhofsgebäude ist auf Gleisseite über 137 Meter breit und damit, wie die eher protestantischen Hofer betonen, nur 3 Meter kürzer als die Fassade des Petersdoms in Rom. Der Vatikan hat übrigens auch einen Bahnhof, der allerdings deutlich kleiner ist als der von Hof. Ein Bahnhof macht aus Hof Bahn-Hof.

Der Flüchtlingszug

Am 30. September 1989 kam im Hauptbahnhof Hof ein spezieller, sehr voller Zug an. Denn im Spätsommer hatten sich etliche DDR-Bürger in die deutsche Botschaft in Prag abgesetzt. Schließlich gab der damalige DDR-Staatschef Honecker die Botschaftsflüchtlinge frei. Sie durften mit dem Zug nach Westen ausreisen. Als letzte Machtdemonstration des DDR-Staates setzte er jedoch durch, dass der Zug zunächst über DDR-Gebiet fahren sollte. In Dresden gelang es drei jungen Menschen, auf den Zug aufzuspringen. Und in Plauen jubelten die Bürger dem Zug zu, obwohl dies verboten war. Schließlich wurde Hof, die erste Station im

Westen erreicht. Mit weiteren Zügen kamen hier insgesamt 13600 Menschen an. Der Hauptbahnhof wurde zur Sozialstation umfunktioniert, die Freiheitshalle zu einem Matratzenlager. Heute erinnert ein Denkmal an der Südseite des Bahnhofs an die Ereignisse im Herbst 1989.

Lichtenfels - die Korbstadt

Lichtenfels, heute ein regionaler Eisenbahnknoten in Nordbayern, erhielt bereits 1846 Anschluss an die Ludwig Nord-Südbahn, die erste Staatsbahn Bayerns. Das im selben Jahr nach Plänen der Gärtnerschule erbaute Empfangsgebäude ist eines der ältesten Bayerns. Vor dem Bahnhof stehen im Sommer Blumen - nicht in einem Trog, sondern in einem Korb, denn Lichtenfels hat den Beinamen Korbstadt und war einst (mit Michelau) ein wichtiges Zentrum der Korbflechterei.

☞ Unweit von Lichtenfels erstreckt sich der Frankenwald. Einst hieß es *`Amsterdam ist auf dem Frankenwald erbaut´*, denn im 19. Jahrhundert wurden Baumstämme aus dem Frankenwald per Floß über Main und Rhein nach Holland gebracht, wo sie im Schiffbau, aber auch im Städtebau Verwendung fanden. So ruht der Amsterdamer Hauptbahnhof auf tausenden Baumstämmen aus dem Frankenwald.

Neuenmarkt-Wirsberg und die Schiefe Ebene

Der Radiosender ‚Antenne Bayern' hat eine Liste ‚*100 Plätze in Bayern, die Sie in Ihrem Leben sehen müssen*'. Diese enthält als einzige bahnbezogene Sehenswürdigkeit Neuenmarkt-Wirsberg, den ‚*verrücktesten Bahnhof Bayerns*'.1848 wurde zwischen diesem Bahnhof und Marktschorgast die so genannte *Schiefe Ebene* in Betrieb genommen. Dampfloks überwanden 148 Höhenmeter auf kürzester Strecke, verschiedene Lokomotiven waren hier stationiert. *Antenne Bayern* meint, nirgendwo in Deutschland gäbe es auf einem Fleck so viele Dampfloks wie hier.

Rothenbürg und die Verwechslung

Rothenbürg ist ein Ortsteil der Stadt Selbitz im oberfränkischen Landkreis Hof. Hier gibt es einen kleinen Bahnhaltepunkt der Strecke Hof-Bad Steben, ein Gastropub, jedoch kein Hotel.

Obwohl Rothenbürg eigentlich keine Sehenswürdigkeiten hat, kommen hier jedes Jahr 250 bis 300 Touristen an, vor allem aus Übersee, die sich jedoch im Touristen-Hotspot Rothenburg ob der Tauber wähnen. Die Bahngesellschaft Agilis, die die Strecke bedient, hat deshalb Handzettel mit Hinweisen in nicht ganz perfekter englischer (`You are now her´, `But you want here´, `Sorry to inform you, that you sit in the wrong train´), französischer, italienischer, chinesischer, koreanischer und japanischer Sprache entwickelt, auf denen beschrieben wird, wie man von Rothenbürg nach Rothenburg ob der Tauber kommt, was z.B. über Nürnberg mit mehrmaligem Umsteigen (3,5 Stunden) möglich ist.

Nicht bekannt ist, wie viele dieser Touristen den doch nicht einfachen Weg per Bahn nach Rothenburg o.T. finden.

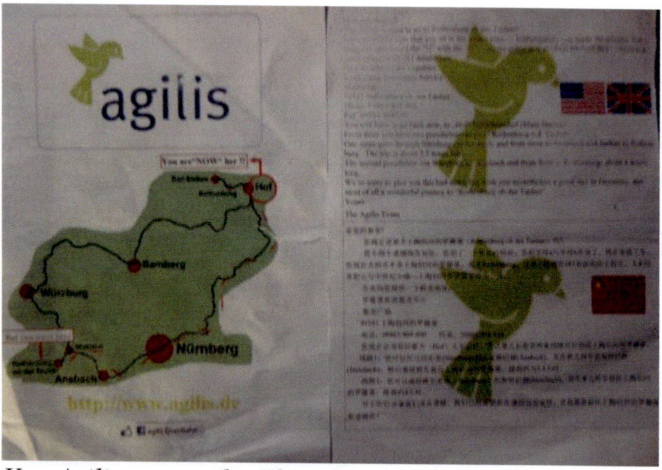

Von Agilis ausgeteilte Flyer für gestrandete Touristen

Würzburg Hbf und der Investitionsstau

Am 23. Februar 1945 wurde der 1869 von Friedrich Bürklein erbaute zweite Bahnhof von Würzburg bei einem Luftangriff, der eigentlich Bayreuth gegolten hatte, weitgehend zerstört. 1953-54 wurde ein neuer Bahnhof im modernen Stil errichtet. Die nördliche Seitenwand schmückte dabei die Malerei einer Dampflokomotive. Da sich aus der Wandbekleidung Teile lösten, wurde die Malerei abgebaut und im Verkehrsmuseum in Nürnberg eingebaut. Weil der Bahnhof immer sanierungsbedürftiger wurde verlieh *Bild am Sonntag* ihm im Jahre 2005 schließlich den Titel `*Hässlichster Bahnhof von Deutschland*'. Doch ein Projekt einer Modernisierung im Rahmen des Baus eines Einkaufszentrums scheiterte 2006 an einem Bürgerentscheid. So verbessert man jetzt in kleinen Schritten und der elegante 1950er Bau wird laufend schöner und funktionaler.

Aschaffenburg und der Götterbote

Im Jahre 2009 wurde der 1950er Jahre Bau des Aschaffenburger Empfangsgebäudes abgerissen, um einem Neubau zu weichen, der Anfang 2011 eingeweiht wurde. Örtliche Architekturkenner protestierten gegen den Abriss, galt der Aschaffenburger Bahnhof doch zur Entstehungszeit als einer der schönsten Bahnhofsneubauten Deutschlands. Immerhin konnte durch eine Aktion des Künstlers Udo Breitenbach der ‚Götterbote', ein Keramik-Fassadenschmuck, der Hermes mit zwei Koffern zeigt, zumindest teilweise gerettet werden. Weil den Stadträten die Kosten von 20 000 Euro für eine fachgerechte Demontage zu hoch waren, setzte sich Breitenbach selbst mit Gerüst, Flex und Hammer ans Werk. Wegen Einsturzgefahr musste die Arbeit jedoch abgebrochen werden bevor Hermes Schal und das ‚Geflügelte Rad' geborgen werden konnten.

16.4 Oberpfalz

Erbendorf gegen Erbendorf

Erbendorf, eine kleine Stadt (5300 Einwohner) in der Oberpfalz am südlichen Steinwald gelegen, hat heute keinen Bahnanschluss mehr und dennoch eine interessante Bahngeschichte. Bereits in den 1860er Jahren, als die Bayerischen Ostbahnen eine Schienenstrecke nach Böhmen planten, gab es Überlegungen, Erbendorf zu einem Knotenpunkt zu machen. Doch schließlich fiel die Wahl auf Weiden. Zwanzig Jahre später verpasste man wieder eine Chance. Als man von Weiden nach Marktredwitz eine kürzere Verbindung plante, hätte diese auch über Erbendorf führen können. Doch man versäumte es, eine Petition einzureichen und schließlich verlief die Strecke über Wiesau und Pechbrunn. Erst im Jahre 1909 bekam Erbendorf dann Anschluss an das Eisenbahnnetz - über eine 6.5 km lange Lokalbahn. Jedoch konnte man sich nicht einigen wohin der Bahnhof kommen sollte. Die Nord-Erbendorfer stritten sich mit den Süd-Erbendorfern um den Standort. Im Gemeinderat bestand ein Patt, da dort gleich viele `Norderer´ wie `Süderer´ vertreten waren. Der Streit ging so weit, dass in der Schule ein Kind aus Nord-Erbendorf nicht mehr neben einem Kind aus Süd-Erbendorf sitzen durfte. Sogar die französische Tageszeitung `Le Temps´ berichtete damals über den Bahnhofsstreit unter der Überschrift „Erbendorf in Bayern- ein Modell und Beispiel deutscher Einigkeit“. So wurde schließlich ein Bahnhof Erbendorf-Süd und ein weiterer Erbendorf-Nord errichtet. Um einen zweiten Bahnhof zu finanzieren, wurde der gesamte Gemeindewald abgeholzt. Die Bahnhöfe hatten jedoch eine kürzere Lebenszeit als mancher Baum. Denn bereits 1972 wurde der Personenverkehr auf der Strecke stillgelegt, im Jahre 1997 auch der Güterverkehr.

Der `verrückte´ Bahnhof von Pechbrunn

Während Erbendorf darum kämpfte, zwei Bahnhöfe zu bekommen, wollte die an der Ostbahn gelegene Ortschaft Groschlattengrün überhaupt keinen Bahnhof. Die Bahningenieure kamen auf den Ort, weil auf der eingleisigen Ostbahn ein Kreuzungsbahnhof notwendig war und das Dorf ziemlich genau in der Mitte zwischen den Bahnhöfen Wiesau und Marktredwitz lag. Doch die Groschlattengrüner erwirkten, dass der Bahnhof in der wenige Häuser umfassenden Gemarkung Pechbrunn zu liegen kam. Dennoch erhielt der Bahnhof den Namen Groschlattengrün. Im Jahre 1900 mussten die Bahnanlagen erweitert werden, jedoch war das Gelände durch den Bahnhof und ein Schotterwerk eingeschlossen. Man errichtete deshalb 10 m abseits ein neues Bahnhofsfundament, trennte den Bahnhof vom Untergrund und verrückte das Gebäude über Rollen und Seilwinden Zentimeter um Zentimeter zum neuen Standort. Drinnen ging derweil der normale Dienst weiter. Dies war in der damaligen Zeit ein Ereignis und so brachten Sonderzüge Schaulustige bis aus Hof, Bayreuth und Eger heran.

Neukirchen und Karl Marx

Seit 1875 gab es vom an der Ostbahn gelegenen Neukirchen (bei Sulzbach-Rosenberg) eine Bahnverbindung nach Wieden in der Oberpfalz. 1973 wurde diese Strecke zu einer Hauptbahn ausgebaut.

Im August 1876 versäumte es allerdings Karl Marx (1818-1883), der auf dem Weg zu einer Kur nach Karlsbad war, aufgrund eines unzuverlässigen Zugbegleiters, in Neukirchen Richtung Weiden umzusteigen. In der Station Irrenlohe bei Schwandorf fand er dann keinen Anschlusszug in die Nordoberpfalz, so dass er noch mal nach Neukirchen zurückmusste. So kam der Bahnhof an einem Tag gleich zweimal zur Ehre, den wichtigen Ökonomen und Sozialtheoretiker empfangen zu dürfen.

Regenstauf und Thomas Mann

1894 zog der in Lübeck geborene Schriftsteller Thomas Mann (1875-1955) zur Mutter und den Geschwistern nach München. Am 1. Mai 1906 war er in einem Schlafwagenabteil der 1. Klasse von München nach Dresden unterwegs. Um 21:30, der Zug hatte bereits Regensburg verlassen, kam es unweit der Station Regenstauf zu einem Eisenbahnunglück, welches Thomas Mann in seiner Novelle *Das Eisenbahnunglück* aus dem Jahr 1908 beschreibt
Wir befanden uns dicht bei einer kleinen Station, nicht weit von Regensburg. Die große Schnellzugmaschine war hin und entzwei. Ursache: eine defekte Weiche. Von Regensburg und Schwandorf kamen bald Hilfszüge an die Unfallstelle. So kam er bis Hof, von wo er verspätet nach Dresden weiterreisen konnte. Seit 1999 erinnert eine Gedenktafel an der Regenstaufer Bahnunterführung an das in die Literaturgeschichte eingegangene, allerdings relativ glimpflich ausgegangene Eisenbahnunglück.

Regensburg

Die Stadt Regensburg wurde im 2. Weltkrieg kaum zerstört. Der Bahnhof wurde wegen seiner Knotenfunktion jedoch durch Bomben erheblich beschädigt. Bis 1955 wurde er in schlichtem Stil wiederaufgebaut. Südlich des Bahnhofs war 2004 das Einkaufszentrum Regensburg-Arcaden entstanden. Dieses wurde nun mit dem Bahnhof über einen lichten, modernen Arkadensteg verbunden. Gleichzeitig wurde die schmuddelige Bahnhofsunterführung stillgelegt, zumal einen guten Eindruck machen wollte. Schließlich war die Stadt UNESCO-Weltkulturerbekandidat.
Für nie auszuschließende Notfälle wurde die alte Unterführung jedoch nicht zugeschüttet. Sie ist aber mittlerweile in einem solchen Zustand, dass sie kaum jemand freiwillig betreten würde.

Münchens erster Bahnhof

1839 bekam München seinen ersten Bahnhof, ein Holzgebäude der privaten München-Augsburger Eisenbahn. Besonders repräsentativ scheint es nicht gewesen zu sein. Folgender Reim eines Stationsaufsehers ist dazu überliefert:

„*Am Galgenberg beim Marsfeld draus*
Steht a großes Bretterhaus.
I hab die Hütten a net kennt.
Die Leut, die haben's Bahnhof g'nennt."

München Hbf und die Gasexplosion

Bereits 1847 brannte dieser erste Bahnhof ab. Der Franke Friedrich Bürklein, Architekt des Augsburger Hauptbahnhofs, entwarf den zweiten Münchner Bahnhof, der 1849 fertig gestellt wurde. Er hatte eine biedermeierliche, kirchenähnliche Anmutung und galt als ‚*Basilika des Verkehrs*'. Bis in die 1920er Jahre wurde er durch weitere Bauten ergänzt, die Bahnhofsfront verlängert und an den Seitenflügeln kamen der Starnberger und der Holzkirchner Bahnhof dazu. So fehlte dem Bahnhof schließlich das geschlossene und monumentale anderer Großstadtbahnhöfe. Hitler wollte ihn deshalb durch einen riesigen Durchgangsbahnhof weiter westlich mit gigantischer Kuppel ersetzen, es blieb jedoch bei Projektskizzen. Im 2. Weltkrieg wurde der Bahnhof zu über 60% zerstört und 1960 wurde ein eher banaler Neubau eröffnet. Umbaumaßnahmen in den 80er Jahren mit verglasten Ladenfronten und einer Galerie auf einer zweiten Ebene wurden von der Presse kommentiert, das Gesamtbild vermittele den Eindruck, eine Gasexplosion hätte stattgefunden. So gibt es weiterhin Neubaupläne (als Einkaufszentrum mit Gleisanschluss), und München wartet weiterhin auf den großen architektonischen Wurf.

München-Pasing, alter Bahnhof

München ist nicht gerade reich an historischer Bahnhofsarchitektur. Der Hauptbahnhof ist ein architektonisch nicht besonders reizvoller Neubau aus den 1950er Jahren, der Ostbahnhof gilt als architektonisches Nichts, die meisten S-Bahnstationen stellen nüchterne Zweckarchitektur dar. So wundert es dann, dass ein altes, gut erhaltenes und architekturgeschichtlich wichtiges Münchner Bahnhofsgebäude lange fast in Vergessenheit geraten und dem Verfall preisgegeben war. Dabei handelt es sich um den bereits 1848 eröffneten Alten Bahnhof in München-Pasing, der durch ein 1873 von Georg Friedrich Seidel erbautes 70 m weiter westlich gelegenes neues Empfangsgebäude ins verkehrliche Abseits geraten war. Im Zuge der Errichtung des Einkaufszentrums Pasing Arcaden wurde das Gebäude jedoch 2010-2011 renoviert und zu einem Restaurant umgebaut, welches sich zurzeit *Alex* nennt. Der Name passt, denn Alex ist auch die Abkürzung des *Allgäu-Express*, der in Pasing planmäßig hält.

München-Isartalbahnhof und der Jerusalemexpress

In Geretsried südlich von München gab es vor dem Zweiten Weltkrieg Rüstungswerke. Für Angestellte und Arbeiter dieser Werke wurde 1939 die Siedlung Föhrenwald für geplante mehr als 4000 Bewohner erbaut. Nach Ende des Krieges wurde die unzerstörte Siedlung von den Alliierten als vorübergehende Unterkunft für jüdische Überlebende eingerichtet. Bald entstand hier eine eigene jüdische Lebenswelt, mit 6000 Bewohnern, abgeschirmt von der bayerischen Umgebung. Weil die Züge der Isartalbahn Wolfratshausen-München (dort war der Isartalbahnhof Thalkirchen Endstation) von den jüdischen Flüchtlingen stark genutzt wurden, hießen diese im Wolfratshausener Volksmund bald ‚Jerusalem-Express'.

München-Stachus

Am Münchner Karlsplatz, Stachus genannt, heute ein wichtiger Nahverkehrsknoten mit Tram, U- und S-Bahn, sprach einst ein Fremder den Schauspieler Karl Valentin an: "Sie, wie weit ist es denn von hier bis zum Hauptbahnhof?" Valentins Antwort: "Wenn Sie so weitergehen wie bisher, sind es noch 40 000 Kilometer. Wenn Sie aber umdrehen, bloß fünf Minuten."

Die Deisenhofener Bahnhofswirtschaft und das Bier

Deisenhofen ist ein an der Linie nach Holzkirchen gelegener S-Bahnhof südlich von München. Die Deisenhofener Bahnhofswirtschaft spielte einst eine gewisse Rolle bei der Erfindung des ‚Radler-Bieres', einer Mischung aus Bier und Limonade. Als Erfinder des Radler-Bieres gilt Franz Xaver Kugler. Kugler war ursprünglich Gleisbauarbeiter an der Strecke München-Holzkirchen, welche gegen Ende des 19. Jahrhunderts zweigleisig ausgebaut wurde. Da die Arbeit hart und die nächste Wirtschaft weit war, übernahm Kugler die Versorgung seiner Kollegen mit Bier. Das Bier holte er aus der Deisenhofener Bahnhofswirtschaft und fuhr es mit Pferd und Wagen zur Baustelle. Das war aber auf Dauer zu umständlich. Deshalb richtete Kugler an der Baustelle eine Bude ein, die unter dem Namen *`Kantine der Königlich-Bayerischen Eisenbahn zu Deisenhofen´* die Versorgung der Bauarbeiter übernahm. Nach der Fertigstellung der Schienenstrecke wurde daraus 1897 das *Waldrestaurant* und später, mittlerweile eine stattliche Gastwirtschaft, die *Kugler-Alm*, welche sich zu einem beliebten Ausflugslokal entwickelte. Als in den 1920er Jahren das Fahrrad immer populärer wurde, ließ Kugler quer durch den Wald einen Radweg anlegen. Diese bis heute beliebte Ausflugsstrecke wurde damals von den Münchnern begeistert aufgenommen. An einem schönen Samstag im Sommer 1922 sollen 13 000 Radler die Kugler Alm gestürmt haben. Doch diesem Durst hielten die Biervorräte nicht lange stand. Kugler fand jedoch einen Ausweg: Er mischte das zur Neige gehende Bier je zur Hälfte mit noch reichlich vorhandener Zitronenlimonade und servierte dies den Gästen als Radler-Maß, mit dem Hinweis, dieses Getränk eigens für die Radfahrer erfunden zu haben, damit sie nicht schwankend mit dem Rad nach Hause fahren müssen.

Der blaue Bahnhof Uffing

Der Bahnhof von Uffing am Staffelsee war einer der ersten *Plus Energie-Bahnhöfe* in Deutschland. Die Stifterfamilie Finkbeiner finanzierte eine energetische Sanierung, die Fassade wurde dabei mit Holz gedämmt und auf dem Dach eine Photovoltaikanlage angebracht. So erzeugt das Bahnhofsgebäude mehr Energie, als es verbraucht. Ein Batteriesystem mit 24 Modulen speichert den erzeugten Strom, sodass über zwei Ladestationen e-Bikes und Elektroautos aufgeladen werden können. Der Bahnhof ist zudem Sitz der deutschen Kinder- und Jugendstiftung *Plant-for-the Planet*, welche das Ziel hat, Bäume für eine bessere Welt zu pflanzen.

Geltendorfs bunte S-Bahn

Am Morgen des 26. März 1985 staunte ein bayerischer Lokführer nicht schlecht. Erstmals in Deutschland war ein ganzer S-Bahn-Zug, der über Nacht in Geltendorf abgestellt war, mit Graffiti besprayt worden. Graffiti hatten sich in den siebziger Jahren in New York ausgebreitet, der Spraypionier *Seen* kam dort auf 200 ganz besprayte U-Bahnwaggons. In den frühen Achtzigern erreichte das Sprayen erste Großstadtbahnen in Europa. Unter den Geltendorfer Sprayern war der 1968 in Celle geborene *Loomit*, der 1983 mit einem Graffiti am Buchloer Wasserturm seinen Einstand gegeben hatte. Die Spraypioniere wechselten später ins

Kunstestablishment (heute kosten Graffiti die Bahn jährlich 40 Millionen und gelten eher als Vandalismus). Loomit kam 1995 mit dem höchsten Graffiti der Welt ins *Guinness Buch der Rekorde* und im Jahre 2002 wurde ihm vom Münchner Oberbürgermeister Christian Ude der *Schwabinger Kunstpreis* verliehen.

Der Zug ohne Lokführer

Lokomotivführer müssen sehr diszipliniert sein und dürfen eigentlich nicht zu viel trinken, denn auf Lokomotiven gibt es keine Toiletten. Das war auch der Grund, weshalb es ein Triebwagenführer einer Münchner S-Bahn an der Endstation Ebersberg am 31. Dezember 1988 sehr eilig hatte, seinen Triebzug zu verlassen. Doch er vergaß, die Bremsen einzustellen. Als er zurück war, bekam er einen leichten Schock: Die S-Bahn war verschwunden. Denn zwischen Ebersberg und dem Inntal gibt es ein leichtes Gefälle und die geringe Rollreibung Stahlrad-Schiene tat ihr Übriges. So setzte sich der S-Bahnzug, nur von der Schwerkraft getrieben, selbst in Bewegung, die Schienen der Nebenbahn Ebersberg-Wasserburg nutzend, und kam erst 19 Kilometer später im Bahnhof Wasserburg (der 100 m tiefer liegt als der von Ebersberg) zum Halten.

Grafrath und die Mooskuh

Das Westufer des Ammersees konnte man erst mit der Fertigstellung der Ammerseebahn im Jahre 1898 per Eisenbahn erreichen, das Ostufer erst seit 1903, als die Bahnstrecke nach Herrsching fertig wurde. Vorher musste man im Bahnhof Grafrath (Bahnstrecke München-Lindau) aussteigen und zur Amper laufen, von wo seit 1880 ein Dampfschiff zum Ammersee verkehrte. Weil die Amper durch sumpfiges Gelände führte, wurde dieses Schiff im Volksmund *Mooskuh* genannt. Um die durstigen Ausflügler zu bedienen, eröffnete an der Anlegestelle in Grafrath bald ein ‚*Wirtshaus zum Dampfschiff*‘, welches bis 1939 bestand.

Klais - ehemals höchster Intercitybahnhof

An der landschaftlich reizvollen Strecke Garmisch-Mittenwald-Innsbruck liegt der kleine Bahnhof Klais. Auf einen Rekord ist man hier so stolz, dass man das im bayerischen Alpenstil gehaltene Empfangsgebäude mit der Aufschrift ‘*Deutschlands höchstgelegener Intercity-Bahnhof, Höhe 933 m.*‘ versehen hat. Doch seit dem Fahrplanwechsel im Dezember 2007 hält hier kein Intercity mehr. Die Aufschrift am Bahnhof hat man dennoch belassen. Immerhin hat es seither auf der Strecke ICE-Testfahrten gegeben.

Bad Reichenhall und die ‚drei Brüder‘

Am 25. April 1945, der Krieg war schon fast zu Ende, kam es zu einem Luftangriff auf die oberbayerische Kurstadt Bad Reichenhall (heute wegen vielen zugezogenen Ruheständlern im Volksmund auch ‚Bad Leichenhall‘ genannt), bei dem 198 Menschen starben. Auch der Bahnhof, ein Bürklein-Bau, wurde zerstört. Der Architekt Karl Fackler entwarf 1952 einen Neubau im damaligen schlicht-funktionalen Stil, welcher 1955 eröffnet wurde. Für Traunstein (1954 eröffnet) und Freilassing (1955) hatte Fackler so ähnliche Empfangsgebäude eröffnet, dass die drei Bahnhofsgebäude ‚drei Brüder‘ genannt werden.

Landsberg - der Bürgerbahnhof

Landsberg am Lech ist heute nur durch eine kurze Stichstrecke an das Bahnnetz angebunden, doch durch Pendler nach München und Augsburg ist das Reisendenaufkommen nicht unerheblich. Mit Unterstützung der Stadt und des Landkreises erwarb die ideal mobil AG, ein Münchner Mobilitätsdienstleister, den Landsberger Bahnhof von der

DB und baute ihn bis 2005 zu einem `Bürgerbahnhof', einer modernen Mobilitätszentrale mit verschiedenen Serviceeinrichtungen um (siehe www.bahnhof-landsberg.de). 2006 wurde dieses Projekt mit dem bayerischen ÖPNV-Preis prämiert und mittlerweile wird in Füssen mit seinem bescheidenen Empfangsgebäude ein ähnliches Projekt vorangetrieben, das bisher jedoch nicht so richtig vorankommt. Weiter ist man mit Bürgerbahnhofsprojekten in Murnau und im württembergischen Leutkirch.

St. Ottilien und die Blumen

Der an der Ammerseebahn gelegene Kloster-Bahnhof von St. Ottilien wurde von Presse und Fernsehen (am Bahnhof sind Bilder einer Sendung des *Bayerischen Rundfunks* ausgehängt) bereits als `*schönster Bahnhof Deutschlands*' bezeichnet. Die Musikgruppe „*Jodelwahnsinn*' nahm zudem eine CD mit der Bahnhofskulisse als Hintergrund auf.
Das Empfangsgebäude wurde 1938 im Heimatstil erbaut, seine Stirnseite ziert eine Lüftlmalerei (das erste Bahnhofsgebäude von 1898 war eine kleine Wellblech-hütte, die mittlerweile wieder unweit vom Bahnhof steht). Zusätzlich zeigte der Bahnhof lange einen liebevoll gepflegten und fast üppigen Blumenschmuck. Dieser war der Bahnhofsvorsteherin Elisabeth Polke (*1929) zu verdanken, die den Bahnhof von 1958 bis 2002 leitete. Da Frau Polke ihren Ruhestand in einem nur wenige Meter vom Empfangsgebäude gelegenen Haus verbringt, dessen von ihr gepflegter blumenreicher Garten direkt an den Bahnsteig grenzt, müssen Fahrgäste weiterhin nicht auf Blumenschmuck am Bahnhof verzichten. Das Empfangsgebäude selbst wurde mittlerweile vom nahen Kloster, dessen Name es trägt, gekauft und an ein Fotostudio vermietet.

Station St. Ottilien

Possenhofen und Sisi

Der Bahnhof von Possenhofen am Starnberger See wird auch Kaiserin Sisi-Bahnhof genannt. Erbaut wurde der Bahnhof vom Neuschwanstein-Architekten Georg v. Dollmann. Unweit vom Bahnhof liegt das Schloss Possenhofen. Herzogin Elisabeth, ‚Sisi' genannt, seit 1854 durch Heirat Kaiserin von Österreich, hielt sich dort öfter auf. Entsprechend war der Bahnhof mit einem noblen Wartesaal im Stil des Spätklassizismus ausgestattet. Im November 2004 wurde das Empfangsgebäude von einer privaten Investorengruppe gekauft. Im Jahr 2008 wurde es renoviert und darin ein Kaiserin-Elisabeth-Museum eingerichtet. An die Gemeinde wurde der Wunsch herangetragen, den namenlosen Bahnhofsvorplatz offiziell *Kaiserin-Elisabeth Platz* zu benennen. Doch hat der Platz noch heute keinen Namen.

16.6 Niederbayern

Der Bahnhof ohne Schienen

Das Dorf Wittibreut in Niederbayern konnte Ende des 19. Jahrhunderts die Anbindung an das Eisenbahnnetz nicht erwarten. Ein Wittibreuter Bauer baute deshalb im Jahre 1876 einen Bahnhof, obwohl der Streckenverlauf Simbach/Inn - Vilshofen noch nicht geklärt war und es gar nicht sicher war, ob das Dorf Schienenanschluss bekommen würde. Der Bahnhof wurde zudem auf einem Hügel errichtet, während Bahnlinien eher in Tälern verlaufen. Es kam, wie es kommen musste: Wittibreut wurde nicht ans Bahnnetz angeschlossen und der Bahnhof verblieb ohne Schienen. Das Gebäude steht heute unter Denkmalschutz.

Bayerisch Eisenstein und der Eiserne Vorhang

Der Bahnhof von Bayerisch Eisenstein im Bayerischen Wald liegt an der Grenze zur Tschechischen Republik. Aufgrund eines Staatsvertrages zwischen Österreich und Bayern im Jahre 1851 bauten bis 1877 die Bayerische Ostbahn und eine böhmische Bahngesellschaft die jeweiligen Streckenteile bis zu diesem Grenzort. Das 1878 fertig gestellte Empfangsgebäude wurde mit seinem Mittelteil genau auf die Grenze gesetzt und sehr repräsentativ gestaltet. Im Wartesaal findet sich die größte noch erhaltene `Kölner Decke´, eine spezielle Deckenkonstruktion mit Balken und Stuck. Die Bahnstrecke war als kürzeste Verbindung zwischen München und Prag gedacht, sah aber wegen der topographisch ungünstigen Streckenführung nie viel Verkehr. Zur Zeit des `Eisernen Vorhangs´ kam der Verkehr ganz zum Erliegen, die Gleise waren durch einen Zaun unterbrochen. Doch 1991 wurde der Grenzübergang wiedereröffnet und man konnte in die Züge der Tschechischen Staatsbahn CD umsteigen. Seit Mai 2006 fahren bayerische Züge sogar 7 km über die Grenze ins tschechische

Picak, von wo man per Bahn nach Prag weiterfahren oder Wintersportgebiete erreichen kann.

Klingenbrunn - Deutschlands kältester Bahnhof?

Im Spiegelauer Ortsteil Klingenbrunn-Bahnhof befindet sich unweit der Bahnstation eine offizielle Wetter-Messstation. Diese Messstation zeigt die kältesten Temperaturen des nicht gerade von Wärmegraden verwöhnten Bayerischen Waldes. Manchmal wird Klingenbrunn-Bahnhof auch als kältester Ort ganz Deutschlands bezeichnet. Gut möglich also, dass der Klingenbrunner Bahnhof (das Empfangsgebäude dient heute Privatleuten als Wohnhaus) die im Jahresmittel kälteste DB-Station Deutschlands ist.

Passau und die ermordeten Polizisten

Einst wurde der Passauer Hauptbahnhof sowohl von der österreichischen ÖBB als auch von der DB als Binnenbahnhof genutzt. Deshalb waren zwei Passagierunterführungen vorhanden, die durch eine Mauer getrennt waren. Nach dem EU-Beitritt Österreichs im Jahr 1995 wurden die Mauern abgetragen. Ein Mauerstück beließ man jedoch und dort brachte man eine Gedenktafel an. Diese erinnert an die Polizisten Klaus März und Georg Schachner, die im November 1993 im Intercity Donaukurier zwischen Linz und Passau bei einer Passkontrolle von einem serbischen Waffenschmuggler erschossen worden waren.

☞ In Passau wurde 1975 auf einem Steg über den Gleisen das erste ‚Brückenpostamt' Deutschlands eingerichtet.

Straubing und die Verwechslung

Das relativ kleine Neufahrn hat ein (1873 erbautes) fast überdimensioniertes Empfangsgebäude, während die größere Stadt Straubing einen nur bescheidenen Bahnhof vorweisen kann. Deshalb besteht die nicht ganz ernsthafte Anekdote, die Baupläne wären einst verwechselt worden.

16.7 Schwaben

Augsburg Hbf - die Mobilitätsdrehscheibe

Der Augsburger Hauptbahnhof, 1846 von Friedrich Bürklein erbaut, ist der älteste noch in Betrieb befindliche Bahnhof einer deutschen Großstadt. Er war auch der erste Bahnhof mit einem Personentunnel. Ein Straßenbahntunnel mit unterirdischer Haltestelle ist mittlerweile im Bau, der Hauptbahnhof soll bis 2022 zur `Mobilitätsdrehscheibe´ ausgebaut werden.
☞Angeblich soll der in Augsburg geborene Bertold Brecht über seine Heimatstadt gesagt haben ‚*das beste an Augsburg ist der Zug nach München*'.

Schmiechen (Schwaben)

Von der schwäbischen Bezirkshauptstadt Augsburg kann man auf der Ammerseebahn nach Schmiechen fahren, was seit der Gebietsreform (70er Jahre) zu Schwaben gehört. Das Bahnhofsschild Schmiechens trägt jedoch heute noch den Zusatz *`Oberbayern´*. Als der Fehler einst erkannt wurde, fand sich niemand in der Gemeinde, die sich eigentlich Oberbayern zugehörig fühlte, der die von der Bahn verlangten Mittel für die Umbenennung aufbringen wollte.

Lindau - die Bahn, die ins Wasser fiel

Im Jahre 1905 lösten sich in Oberstaufen im Allgäu zwei Güterwaggons von einer Lok und rollten 53 km und 400 Höhenmeter bergab nach Lindau, wo sie in den Bodensee stürzten. Lindau gilt zwar als Kopfbahnhof, einige Gütergleise verlaufen aber seitlich am Empfangsgebäude vorbei und führten einst über die Mole fast bis an den Leuchtturm. Von dort ging es direkt auf die Schiffe, auf denen ebenfalls Gleise verlegt waren, denn Lindau war einst ein wichtiger Trajekthafen für den Güterverkehr von der und in die Schweiz. Getreide bis aus Ungarn und Rumänien kam hier an und wurde in Waggons auf Schiffen in die Schweiz gebracht. In umgekehrter Richtung kamen sogar Orangen aus Spanien über den Bodensee. Noch 1937 wurden jeden Tag 100 Güterwaggons transportiert.

Kempten und die Käseschachtel

Kempten hatte einst einen repräsentativen, doch betrieblich ungünstigen Kopfbahnhof. So wurde er 1969 schließlich durch einen weiter außerhalb gelegenen Durchgangsbahnhof ersetzt. Dessen wenig originelle Architektur spiegelt den nüchternen Stil der 1960er Jahre wider. Die Anmutung des neuen Zentralstellwerkes kommentierten die Einheimischen mit den Worten „Allgäuer Käseschachtel".

Der Somaliabahnhof

Im vom Bürgerkrieg verwüsteten Somalia gibt es heute keinen Schienenverkehr und auch keinen funktionierenden Bahnhof mehr. Dennoch gab es bis 2017 einen ‚Somaliabahnhof' – und zwar im schwäbischen Gersthofen. Das graffiti-überzogene Empfangsgebäude mit seinen abgedeckten oder eingeschlagenen Fenstern erinnerte die örtliche Bevölkerung an eine Szenerie aus dem Bürgerkriegsland. Ironisch wurde der ‚gammeligste Bahnhof Bayerns' auch als ‚Prachtstück Schwabens' bezeichnet. Schließlich kaufte die Stadt das Gebäude und ließ es 2017 abreißen.

Hindelang und das Jagdrevier

Wenn die Hindelanger mit der Bahn verreisen wollen müssen sie nach Sonthofen fahren, denn der Ort liegt nicht an einer Bahnlinie. In Hindelang gibt es jedoch ein würfelförmiges Gebäude, das einst als Bahnhof geplant war. Doch der bayerische Prinzregent Luitpold hatte in der Nähe ein Jagdrevier und beschloss ‚*Ich will keinen Zug. Der pfeifft und verjagt die Hirsch*'.

Wasserburg und Martin Walser

Der Schriftsteller Martin Walser wurde am 27. März in Wasserburg am Bodensee geboren. Sein Elternhaus lag gegenüber dem Wasserburger Bahnhof, seine Eltern betrieben die örtliche Bahnhofsgaststätte. Walser ging in Lindau aufs Gymnasium und lebt noch heute am Bodensee- im Überlinger Ortsteil Nußdorf. Auch in Nußdorf gibt es einen Haltepunkt der Bahn. Dort holt Walsers Tochter Johanna schon mal Journalisten ab.

Memmingen und der einzige Modulbahnhof

Im Jahr 2001 wurde im Memminger Bahnhof ein modernes Empfangsgebäude in Betrieb genommen, das alte Bahngebäude blieb weiterhin bestehen, verlor aber seine Funktion. Mit dem funktionalen Neubau war ein modulares Konzept zum Zuge gekommen, das in ganz Deutschland für Neubauten eingesetzt werden sollte. Doch das Empfangsgebäude wurde teurer als geplant. Statt zum Muster für andere Stationen zu werden blieb es das einzige modulare der DB.

Legau und die Rückfahrkarte

Ende der 1960 Jahre wurde am Memminger Bahnhof ein Busbahnhof eingerichtet. Als die Nebenbahn nach Legau 1972 stillgelegt wurde konnte man ein entsprechendes Stumpfgleis zurückbauen und den Busbahnhof verbreitern. Folgende Gesichte kann sich also heute nicht mehr abspielen. Einmal war ein Bauer mit dem Zug nach Legau unterwegs. Als der Schaffner kam, saß im Abteil zudem ein Pfarrer. Der Bauer fand seine Fahrkarte nicht und fing an zu fluchen „Wo ka des Huresakramentsbillettle bloß sei?“ Darauf der Pfarrer: „Wenn sie weiterhin so heidenmäßig fluchen, dann komme sie nicht nach Legau, dann kommen sie direkt in die Hölle‘. Darauf der schwäbische Bauer „Das macht mir nix aus, es isch a Retourbillet“.

Anhang

1. Liste von Bahnhofsbeinamen

a) Berlin

Hauptbahnhof	Kathedrale des Reisens
Hauptbahnhof	Glaspalast mit Wüste
Ostkreuz	Rostkreuz

<u>Frühere Bezeichnungen</u>

Anhalter Bhf	Mutterhöhle der Eisenbahn
Anhalter Bhf	Tor in die Blaue Ferne
Lehrter Bhf	Schloss unter den Bahnhöfen
Friedrichstraße	Tränenpalast (Grenzübergangsstelle)
Schlesischer Bhf	Katholischer Bahnhof
Zoologischer Garten	Heimlicher Hauptbahnhof
	Urologischer Garten

b) Übriges Deutschland

Altenbeken Bhf	Fünffingerbahnhof
Bad Liebenzell Bhf	Marmorbahnhof
Cuxhaven-Amerika Bhf	einst: Bahnhof der Tränen
Dortmund Hbf	Pommesbude mit Gleisanschluss
Gersthofen	Somaliabahnhof
Hamburg-Altona	Kaufhaus mit Gleisanschluss
Hamburg Dammtor	einst: Kaiserbahnhof
Hannover Nordstadt	Blaue Grotte
Kassel-Wilhelmshöhe	Palast der tausend Winde
Kassel-Wilhemshöhe	Größte Tankstelle der Welt (Vordach)
Köln Hbf	Bahnhofskapelle
Leipzig Hbf	Einkaufszentrum mit Gleisanschluss
Leverkusen-Mitte	Bahnhofs-Klo
Ludwigshafen Hbf	einst: Modernster Bahnhof Europas
Mechernich Bhf	Miniaturbahnhof
Oldenburg	Klinkerburg
Solingen Hbf	einst: Gammelbahnhof
Uelzen	Hundertwasserbahnhof
Unterneudorf/Sachsen	Stachelbeerbahnhof (Haltepunkt)

2. Bahnhöfe, die ausgezeichnet wurden

a) Von der *Allianz pro Schiene* (Berlin) zum Bahnhof des Jahres gewählte deutsche Bahnstationen

	Großstadtbahnhof	**Kleinstadtbahnhof**
2004	Hannover Hbf	Lübben Bhf
2005	Mannheim Hbf	Weimar Hbf
2006	Hamburg Dammtor	Oberstdorf
2007	Berlin Hbf	Landsberg/Lech
2008	Karlsruhe Hbf	Schwerin Hbf
2009	Erfurt Hbf	Uelzen
2010	Darmstadt Hbf	Baden-Baden
2011	Leipzig Hbf	Halberstadt Hbf
2012	Bremen Hbf	Aschaffenburg Hbf
2013	Göttingen Hbf	Oberursel
2014	Dresden Hbf	Hünfeld

Ab 2015 keine Unterscheidung Großstadt/Kleinstadt

2015	Marburg	Obstfelderschmiede
2016	Stralsund	Steinheim (Westfalen)
2017	Lutherstadt Wittenb.	Bayerisch Eisenstein
2018	Winterberg	Eppstein
2019	Cuxhaven	Bad Bentheim
2020	Altötting	Rottenbach (Königsee)

Quelle: www.allianz-pro-schiene.de

3. Wichtige Bahnhofsarchitekten

Empfangsgebäude	Bahnhofsbauten
Friedrich Eisenlohr (*Lörrach, 1805-1854)	Lahr, Emmendingen und Denzlingen. Erste Bahnhöfe von Mannheim, Karlsruhe, Freiburg, Heidelberg; Stil: neo-gotisch
Friedrich Bürklein (1813-1872)	Augsburg Hbf, Bamberg, alte Bahnhöfe von München und Würzburg
Fritz Klingholz (* Wuppertal 1861-1921)	Koblenz Hbf (1899-1902), Lübeck Hbf (1908), Lübeck-Travemünde (1913), Worms Hbf (1904), Wiesbaden Hbf (1904-1906)
Paul Bonatz (1877-1956)	Stuttgart Hbf (1914-1927) Stil: neue Sachlichkeit
Meinard von Gerkan (*Riga, 1935)	Berlin Hauptbahnhof (2006) Stil: Moderne Glasarchitektur

<u>Literatur</u>

Bund Deutscher Architekten (Hrsg.)
Renaissance der Bahnhöfe
Vieweg Verlag, Braunschweig 1996

Deutsche Bundesbahn (Hrsg.)
65 Jahre Stuttgarter Hauptbahnhof 1922-1987
Stuttgart 1987

Walter Engels, Günter Klotz, Jochen Lengermann
Mitten in Deutschland – Bahnhof Kassel-Wilhelmshöhe
Hestra- Verlag, Darmstadt 1991

Roland Feitenhansl
Der Bahnhof Heilbronn
DGEG Medien, Hövelhof 2003

Helmut Frei
Bahnhofsguide Deutschland 1995/96
Verlag Stadler, Konstanz 1995

Helmut Freitag
Bahn&City, Bahnhofsguide Deutschland 1997/98
Verlag Stadler Konstanz 1997

Bernhard Hager
100 Jahre Hauptbahnhof Wiesbaden
in: Jahrbuch für Eisenbahngeschichte 2006/07, Seite 5-25
DGEG Medien, Hövelhof 2006

Haus der Bayerischen Geschichte (Hrsg.)
Eisenbahn in Bayern 1835-2010
Augsburg 2010

Lis Künzli (Hrsg.)
Bahnhöfe. Ein literarischer Führer
Eichborn Verlag, Berlin 2007

Mihály Kubinsky
Bahnhöfe Europas- Ihre Geschichte, Kunst und Technik
Franck´sche Verlagshandlung, Stuttgart 1969

Dierk Lawrenz, Lothar Eichmann
Die Heidebahn
EK Verlag, Freiburg 1997

Peter Neumann
Berlins Bahnhöfe - gestern, heute, morgen
Jaron Verlag, Berlin 2004

Erich Preuß, Hans-Joachim Kirsche
Wunderwelt der Eisenbahn
GeraMond Verlag, München 2001

Erich Preuß
100 legendäre Bahnhöfe
Transpress, Stuttgart 2010

Ralf Roth
Das Jahrhundert der Eisenbahn
Jan Thorbecke Verlag, Ostfildern 2004

Martin Schack
Neue Bahnhöfe
Die Empfangsgebäude der Deutschen Bundesbahn 1948-1973
Verlag B. Neddermeyer, Berlin 2004

Erich Staisch
Hamburg Hauptbahnhof
Geschichte der Eisenbahn in Norddeutschland
Hoffmann und Campe, Hamburg 1981

Meinhard Sucker
Die Seilzuganlage in Hochdahl
Deutsche Bundesbahn Regionalabteilung, Düsseldorf 1988

Manfred Weltner
Bahnhöfe der Welt
GeraMond, München 2020

Malte Werning
Inselbahnen der Nordsee
Geramond, München 2003

Webseiten

www.de.wikipedia.org (verschiedene Wikipedia-Seiten zu Bahnhöfen); Anekdoten u.a. zu Magdeburg Südost, Köln-Holweide, Radebeul West (Kötzschenbroda)

www.bahn.de
Statistische Daten zu den 20 größten DB-Bahnhöfen

Bad Doberan
http://www.treffpunkt-ostsee.de/geschichten-sagen/molli-bahn-anekdote.php

Bremen St. Magnus
http://www.sankt-magnus.de/Knoop.html

Füssen
www.bahnhof-fuessen.de

Ganderkeese
http://www.hasenahlers.de/055f249c271139309/055f249c2712a1212/index.html

Gotha
www.bahnhof-gotha.de

Hemmor
http://www.niederelbebahn.de/geschichte/unterelbebahn/bahnhoefe/hemmoor/

Landsberg
www.bahnhof-landsberg.de

Neukirchen/Oberpfalz
https://www.oberpfalznetz.de/zeitung/2496999-129-wo_karl_marx_den_anschluss_verpasste-P8,1,0.html

Rolandseck
http://www.arpmuseum.org/html/haeuser/fr_bahn.html

Siemens-Fürstenbrunn
http://w3.siemens.de/siemens-stadt/anekdot0.htm

Berlin, Storkower Straße
http://www.berliner-zeitung.de/archiv/europas-laengste-fussgaengerbruecke-wird-abgerissen---am-montag-begannen-die-arbeiten-vom--langen-jammer--bleibt-ein-winziges-stueck,10810590,10000972.html

Reisende und Besucher in ausgewählten Bahnhöfen in Deutschland 2017

https://www.handelsdaten.de/deutschsprachiger-einzelhandel/travel-retail-taegliche-anzahl-besucher-reisenden-bahnhoefe

Bahnhof Regensburg

http://www.rswe.de/index_html_files/Fluegelrad%20Sonderausgabe%201%20%202018.pdf

Döppersberg und die Bronzelöwen

https://www.wz.de/nrw/wuppertal/historisches-foto-erinnert-an-bronzeloewen-vom-doeppersberg_aid-35604771

Weitere Bahnhofsbücher des Autors (Siehe www.bod.de)
(alle Bücher mittlerweile auch in englischer Sprache)

Der Schicksalsbahnhof jenseits der Berge
Kleine Geschichten zu 111 Bahnhöfen in den Alpenländern
Books on Demand, Norderstedt 2020

Flügelradkathedrale und Zuckerrübenbahnhof
Kleine Geschichten zu 222 Bahnhöfen in Europa
Books on Demand, Norderstedt 2020

Grand Central Terminal und Pampabahnhof
Kleine Geschichten zu 222 amerikanischen Bahnhöfen von Alaska bis Feuerland
Books on Demand, Norderstedt 202

Der Lebkuchenbahnhof am Ende der Welt
Kleine Geschichten zu 200 Bahnhöfen in Afrika, Asien und Ozeanien
Books on Demand, Norderstedt 2011

Antwerpen CS